小学館文庫

あやかし斬り 千年狐は虚に笑う

霜月りつ

小学館

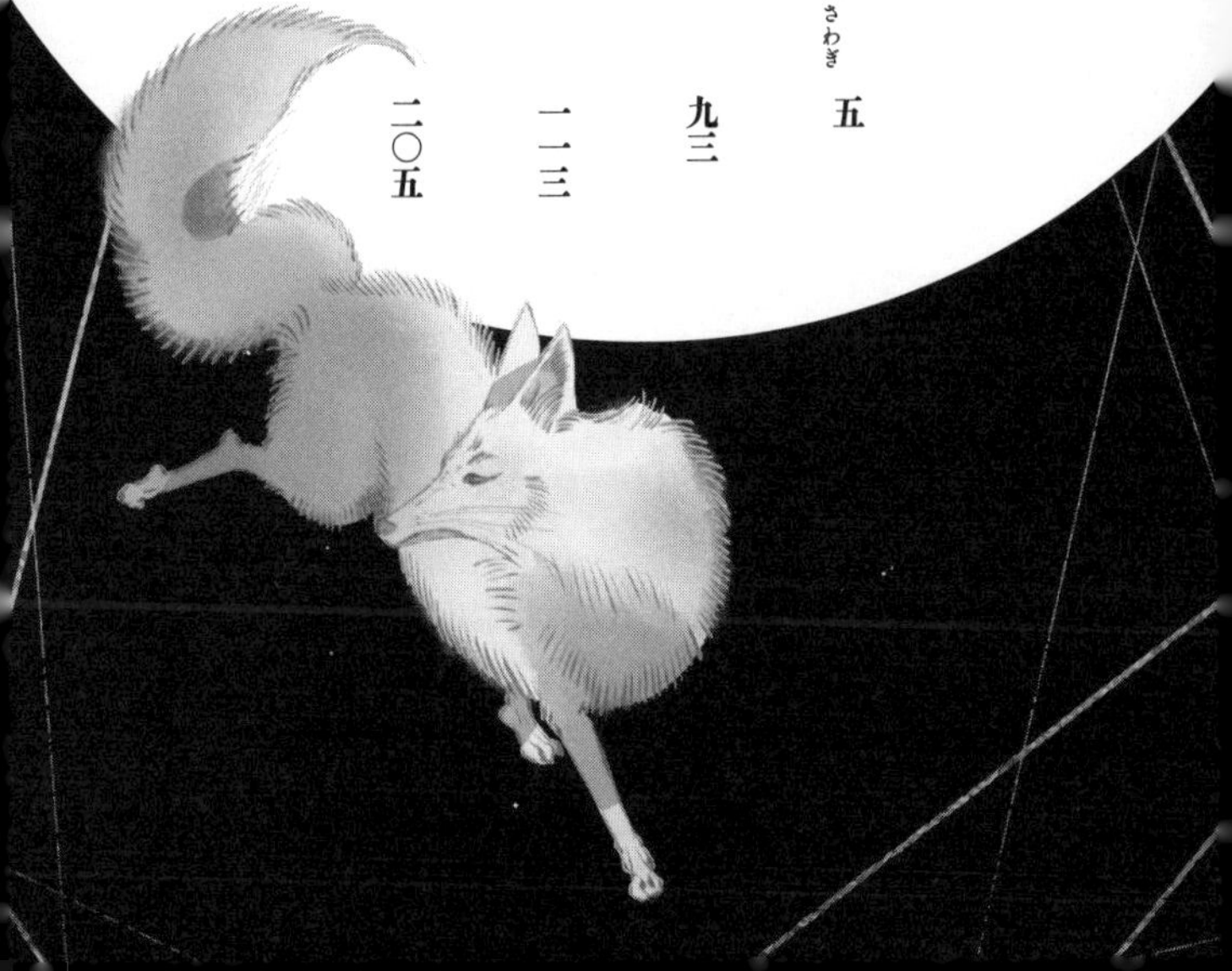

第一話　お久万の怪——大奥幽霊騒ぎ

おくまのかい——おおおくゆうれいさわぎ

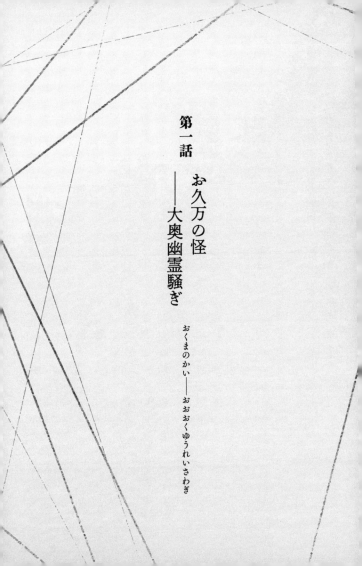

序

大奥の御中臈《おちゅうろう》、於瑠衣《おるい》の部屋方清江《きよえ》は、枕の上で頭を何度も動かした。

どうも寝付けない。同じ部屋の藍乃《あいの》がぐうぐうといびきをかいているのも気になる。

藍乃のいびきは毎夜のことで慣れているはずだが、眠れない夜には耳についてしょうがない。

清江が眠れないのは、昼に聞いた話のせいだ。

このところ大奥内の御女中《おじょちゅう》たちの怪我《けが》が続いている。しかも夜、眠っているときに怪我をするというのだ。

起きたときに自分の顔や枕が血に濡《ぬ》れている。それを見た本人も一緒の部屋のものも驚いて気を失ったり泣き出したりで、そんな朝にはそれだけで一日の業務に憚《はばか》りが出る。

原因がわからないなか、数ヶ月前に出回った噂《うわさ》がまた広まっている。

お久万《くま》の幽霊の仕業だ。お久万の祟《たた》りにちがいない――。

しばらく前にもお久万の幽霊が出たという噂が広まったことがある。そのときは主人である於瑠衣が祟られた。於瑠衣はいまだにその祟りに苦しんでいるが、少なくとも幽霊は満足したのか、そのあと噂は聞かなくなった。

ところがこの怪我をする事件でまた幽霊話が浮上した。

お久万は於瑠衣だけでなく、大奥すべての女を呪っているのだと。だから美しいもの順に襲われているのだという話――。

「だったら真っ先にわたくしが狙われてもいいものだわ」

昼間はそう言って笑った。他の部屋方たちも笑うと思っていたのだが、彼女たちは目をあわせ、なにか聞いてはいけないことを聞いた、という顔をして、おざなりに唇を持ち上げただけだった。

それで夜になって布団に入ると急に怖くなってきたのだ。

(わたくしは関係ないわ)

清江は布団を顔の上にまであげて目をつぶった。

(わたくしはお久万にはなにもしてない。なにもしなかった――ただ止めなかっただけ)

於瑠衣や他の部屋方たちに何度も突き飛ばされ、ひいひいと泣いていたお久万。その泣き声が思い出される。

ていただけ。

清江は確かにお久万を突き飛ばしたりはしなかった。ただ見ていただけ。見て笑っていただけ。

（でもあの娘も悪いのよ。いやならさっさと大奥から逃げ出せばよかったのよ。あんな不美人な娘、大奥には似合わないのだから）

地面に突き飛ばされ顔をすりむいたお久万の醜い泣き顔……。主人である於瑠衣は美しいものが好きだった。美しくなければ女は価値がない。そんな考えの彼女の部屋に入ってしまったのが不運だったのだ。

（わたくしはなにもしてない、お願い、お久万。恨まないでちょうだい）

ぐうぅっと藍乃のいびきが一段と大きくなる。音もひどいが、今大奥を怖がらせている噂を何も感じずのんきに寝ていることが信じられない。

我慢できずに清江は布団を跳ね上げた。その低い鼻、ひねってやろうか。

そのとき。

ささ、と何かが動く音がした。

はっと振り向いたが、行灯《あんどん》の明かりもない部屋では隅の方は暗くてなにも見えない。ただ自分と藍乃の布団が白く見えるだけだ。

清江は息を殺して暗がりを見つめていたが、もう音はしないようだった。ただ藍乃のいびきだけが聞こえる。清江は何度も瞬いて、目を闇に慣れさせようとした。

「藍乃さん……」

清江は壁の方を見たまま声をかけた。

「ねえ、起きて。なにかいるみたい」

清江はそろそろと布団の中から手を伸ばし、廊下側の障子に触れた。視線は音がした方に向けたままだ。はずしたとたんにまたなにかが動きそうに思えた。

「藍乃さん」

そっと障子を開けると月明かりがさあっと部屋の中に入ってきた。

そのとき、清江は藍乃のいびきが止《や》んでいることに気づいた。いつもは一晩中響き渡るはずなのに……と藍乃の方に顔を向け、息を呑《の》む。

藍乃の顔が真っ黒になっている。

「あっ、藍、乃さん……っ！」

ずるり、と藍乃の顔の上の黒さが移動した。その下にはなにも気づいていないような、ぽかりと口を開けた藍乃の顔がある。黒いものは布団の上に落ちた。それはとぐろを巻いた蛇にも似ている。

「ぐう」

藍乃のいびきが再び響いた。

それを合図にしたかのように、黒いものが清江に向かって飛びかかってきた。

一

「源《げん》じい、仕舞いの礼を出しておくれ」

最後の患者を見送り、武居多聞《たけいたもん》は下働きの源治郎《げんじろう》に声をかけた。

「へい、すぐに夕餉《ゆうげ》になさいますか？　若先生」

先代から仕える忠実な老下働き、源治郎は診療室の入り口に立って腰を屈《かが》めた。彼にとって先代が「先生」、息子の多聞はいくつになっても「若先生」だ。

「いいや、ちょっと川っぺりをぶらぶらしてくる。母上には先に食事をとってもらうように言っておいてくれ」

「奥様のご機嫌が悪くなりますよ？」

心配そうな源治郎の言葉に、道具をしまう手が少し止まる。

「うん……まああとで謝るよ」

そうしてそそくさと片づけを終えると立ち上がった。

廊下をゆくにも足音がしないように気をつけながら歩いたのに、玄関前でばったりと母、多紀《たき》に出会ってしまう。

「どこへいくのです」

多紀は視線を動かさず、ひたと息子を見つめた。大柄な多聞の胸までしかない小柄な体軀《たいく》なのに、多聞をあとずさらせてしまう圧があった。

「いや、その……ちょっと気晴らしに散歩を」

「食事のあとでもいいでしょう」

「あの、」

多聞はちらっと玄関の外を見た。夕陽《ゆうひ》が庭の木々を赤く染めている。診療室から見えた今日の夕陽は溶けた鉄のように真っ赤で見事だった。こんな夕陽の日ならもしかしたら会えるかもしれない。

そんなことを正直に言えば逆に縛り付けられて家から出してもらえまい。

「こ、厚仁《こうじん》と約束があったのを思い出したのです」

多聞は幼なじみの同心の名を出した。家族ぐるみのつきあいのある彼の名を聞いて、多紀の眉がぴくりとあがる。

「約束では仕方ありませんね」

はあっと大きくため息をつかれる。

「すみません、できるだけ早く戻ります」

多聞はそう言って急いで玄関に降りた。草履をつっかけ、転ぶくらいの勢いで外へでる。ちらと振り返ると多紀はもう後ろ姿を見せていた。

（すみません、母上）

多聞は胸のうちで謝ると、隅田川を目指した。

隅田川の土手にたどり着いたときには、夕陽はもう上流に溶け落ちそうになっていた。夏の陽はそれでもしぶとく金色の光を空に投げかけている。

東の方はもう暗い。

多聞は茂る葦《あし》をかきわけかきわけ、川の方へ進んだ。薄く鋭い葉がいくつも腕に傷をつくる。そのヒリヒリした痛みが心をいっそうかき立てるようだ。

今日こそは会えるかもしれない。そう思い何度空振りしただろう。

約束したわけではない。だが、今日のように夕陽が美しかったから、星が美しかったから、虹がでたから、大きなアゲハを見たから……とさまざまな理由をつけて多聞は友の帰りを期待した。

ぬかるんだ川の縁まで来て多聞はしゃがみこみ流れに目をやる。

「今日も戻らないのか、青《あお》」

青。不思議な薬売り。その正体は千年以上生きている白狐《びゃっこ》だ。

十日ほどまえに、「ちょいとでかけてきます」と薬箱を背負って家を出て、それっきり戻ってこない。

青は妖怪を狩る。狩ってその魂を飲み込み、身体は薬にする。その薬は通常の薬と違っておそろしいほど効き目があった。

その薬を売って青は千年もの間、生きてきた。

姿を消したのは自分で狩れる妖怪を探しにいったのだろう。だから相手は小物に違いない。

(危険で大きなものなら……この刀が必要なはず)

多聞は腰から銀色の鞘《さや》に入った小刀を抜いた。

これは青が預けていった小刀で、千年前から彼と一緒に戦ってきた「人」の持つ武器だ。

陰陽を司《つかさど》る安養寺家《あんようじけ》は何百年と青と共に化け物と戦ってきた。多聞は知らなかったが武居家もその分家筋で、十数年前には多聞の父親も青と共に戦ったのだという。

多聞はこの小刀で青と一緒に三度妖怪を倒した。今までの日常が音を立てて崩れてゆく、異界の姿を見た。

それは恐ろしく、しかし心震える光景でもあった。

怖かったり悲しかったりしたくせに、またあのひりつくような興奮を味わいたいと思っている。

多聞は小刀を鞘から抜いた。月光が氷の刃に跳ね返る。その輝きを何度も確かめ、やがて元に戻した。

「また明日か」

多聞は立ち上がった。西の朱はもうとっくに消えて、あたりは月明かりだけになっている。

土手にあがろうとしたとき、がさがさっと右手の方で音がした。

(まさか?)

振り返ると草を押しつぶした上に異形の姿があった。子供くらいの大きさの黒く平たいものだ。

「うわ」

背筋がぞっと冷たくなる。

それは丸い大きな頭部とぬめぬめとした長い体を持っていた。蛇ではない、蛇が手を生やしているはずがない。

それは思いもかけない速さで多聞の方に向かってきた。

「う、うわっ」

思わず小刀を抜くと振りかぶった。

「くるな！」

「そんなものに大事な刀を使わないでくださいよ」

ひそりと耳元で声がした。低く柔らかな懐かしい声。

「ただのサンショウウオですよ」

「えっ」

多聞の横をとおって白い髪がなびく。女物の編み笠《あがさ》を深くかぶったその男は、ひょいと足の甲でその平たい体をすくいあげ、川に向かって放り込んだ。

どぼん、と夜空に大きな音が響く。

「あ、捕まえればよかったですかね。あれはあれでうまいんですよ」

編み笠をあげて白い頬で笑う。多聞は一歩で近寄ると、目の前のきゃしゃな肩を両手で押さえた。

「青！　戻ったか！」

「はい、ただいま戻りました」

千年狐《ちとせぎつね》の青は多聞に艶《あで》やかな笑みを向けた。

こっそりと帰ってきたのにどうしてだか源治郎が玄関に迎えに出てきた。

「お帰りなさいまし」

「あ、ああ。母上の食事はお済みか？」

「はい。今日は頭痛がすると早くからおやすみです」

「そうか」

多聞は暗くて見えない廊下の奥を透かしみた。

「若先生、お食事は？」

「ああ、いい。自分で用意する……まだ酒はあったか」

「はい。ございます」

源治郎は答えてちょっと首を傾《かし》げた。

「なにかご機嫌がよろしいですね」

「そうか？」

「はい。もしかしてあの狐が戻って参りましたか？」

一度は多紀の命令で狐の青を大川に捨てにいったこともある源治郎だが、生来の善人であのあともずっと後悔していた。多聞が再び狐を連れ帰ってからは「ようございました」と胸を撫《な》で下ろしている。

最近も狐の姿を見ないので、多聞が元気のないことを気にしてくれていた。

「おお、そうだ。今日出かけたら川辺で出会ってな。あとで庭の方から入ってくるだろうが母上には内緒にな」

多聞は嬉《うれ》しそうに言って人差し指を口の前に立てた。源治郎はいたずら小僧を慈しむような目で自分の主人を見る。

「はい――内緒ですね」

多聞は家に上がると自分の部屋には戻らず台所へ向かった。

棚の中に今日の夕餉に出ただろう焼き魚の皿があった。土間の上の食材を確かめるとかまどの種火を起こして鍋に湯を沸かす。

その間に大葉と生姜《しょうが》をとんとんと刻んで豆腐の上にのせた。あとは赤味噌《あかみそ》に茄子《なす》、山椒《さんしょう》の実、生姜をつけ込んだものをゴマと一緒にすって小鉢にいれた。これは酒のあてだ。

お湯が沸いたので青菜を一掴《ひとつか》み入れる。すぐに取り上げさくさくと四つばかりに切って、この上には鰹節《かつおぶし》を削ってのせた。

脚付き膳に作ったものをのせ、酒徳利《さけどっくり》と杯をのせたところで多聞はぱっと振り返った。――誰もいない。

母親がよく足音をさせずに背後に立つのでくせになってしまった。

ほっと息を吐くと、お膳を二つ重ねて自室へ向かった。

自室に入って膳を置いていると、庭からぴょこりと狐が顔を覗《のぞ》かせた。

「いいぞ、入れ」

そう呼ぶと四つ足で部屋に飛び込んでくる。座った多聞の胴あたりにとがった鼻先をすり付けてきた。人間の姿の時にはそっけないのに、獣の姿になると遠慮がない。多聞は狐の背中のつやつやした手触りを楽しんだ。毛並が名の由来の青銀に輝く。

「おかえり」

そう言うと狐はますます調子づき、多聞の膝に乗りあがって胸に体を預ける。そのまま体重をかけて多聞を押し倒してしまった。

「こら、ちゃんと戻れ。帰参の祝いだ」

ぺろぺろと耳をなめられ、多聞は狐の頭を押し戻した。狐の重みがなくなり、多聞が身を起こしたときには人の姿になってすまして膳の向こうに座っている。

「まったく、おまえは」

多聞は徳利の首をつまんで差し出す。青は両手で杯を取ると目を細めて酒を受け止めた。

「とにかく無事でなにより」

「多聞先生もお変わりなく」

　二人で杯を持ち上げ、酒をあおる。柔らかな刺激がのどを滑り落ち、多聞はふうっと息を吐いた。

「今回はどこへ行っていたのだ？」

「はい。近江の方へ」

　青はにこりと笑みを頬に刻んだ。

「近江には琵琶《びわ》の形をした大きな湖があります。ご存じですか？」

「ああ、聞いたことがある。海のように広いとか」

　長崎に留学したとき近江は通らなかったので多聞は見たことがない。友人が淡路島がそこから飛び出してできたという伝説を面白おかしく話してくれた。

「その湖で近年魚が獲《と》れなくなり、化け物が魚を食っているのではないかという噂が立ちまして、それを確認しに行きました」

「ほう――それでいたのか？」

「いましたよ」

　青は箸を取り、魚をつつきはじめた。

「大きな蝦蟇《がま》の化け物でした。蝦蟇が恨みを飲んで死んだ人の霊を取り込んだんです。ひどく臭いし丈夫だったので難儀しました」

「手強《てごわ》かったのか？」

「まあなんとかなりました」

そう言うと懐からお茶のときに使う蓋つきの棗《なつめ》を取り出した。

「どうぞ。これがそいつで作った薬です。蝦蟇の膏《あぶら》はやけどに効く。こいつも効き目は抜群です」

多聞が棗の蓋を開けると緑色のどろりとしたものが入っていた。鼻を寄せて匂いを嗅いだが青の言うような悪臭は感じなかった。

「これはありがたい」

多聞は蓋を戻し、丁寧に頭を下げた。

「代金はいかほどだ？」

「そうですね、量が少ないので売り物にはしないつもりなんですよ。だからまあ十日ほど飯を食わせていただければ」

青の言葉に多聞は驚いて棗と彼を交互に見た。

「そんなものでいいのか？　苦労してとってきたのだろう？」

「多聞先生の料理はうまいですから」

青は箸の先につけた味噌をねぶって酒をすする。

「青菜もこのあても本当に美味《おい》しい」

「ただの青菜にただの味噌だぞ」

「なのにうまいんですよ、不思議ですねえ」

青が本当に不思議そうな顔をするので多聞は笑ってしまった。こんな料理がうまい理由、それは多聞も知っている。けれどそれは内緒にする。

「友と食べるからだ」

そんなことを言えばひねくれものの千年狐は箸を置いてしまうかもしれない。

「鰹節とゴマがいいからかもしれんな」

だから当たり障りのない返事をしたが、青は信じたようで「なるほど」と感心していた。

そのあとは旅の土産話を聞き、青の留守中の江戸の話をして楽しく過ごした。

翌日、機嫌よく朝餉《あさげ》の席についた多聞に、飯をよそっていた多紀が一言呟《つぶや》いた。

「多聞、着物に動物の毛がついていますよ」

多聞がご飯茶碗《ぢゃわん》を落とさなかったのは運がよかっただけだった。

その日から青は狐の姿のときは武居家の縁側の下にいるようになった。部屋にいると多紀に見つかった際追い出される可能性がある。

時折薬売りの姿で町に行商に出かける。化け物から作った薬だけでなく、通常の薬も扱っているのだ。

友人の板橋厚仁《いたばしあつひと》が遊びにくることもある。厚仁は青を化け狐と呼び嫌っていたが、一緒に事件を解決したことにより、今では少しばかり信頼している。それでも生来の怖がりなので、接するときはどこかびくついていた。

青はそんな厚仁をからかうのが楽しいらしく、怖い話などをしては悲鳴を上げさせていた。

そんな穏やかな日々がしばらく続いたあと、以前の事件で知り合った歌舞伎役者、鹿《か》の輔《すけ》が診療所に顔を出した。

「こんにちは、多聞先生」

鹿の輔は一五歳、女形らしくうりざね顔の美青年だ。ほっそりとなで肩で、後ろ姿だけなら女性にも見える。

「おお、鹿の輔さん。元気だったか？」

「おかげさまで」

「菊山《きくやま》さんも？」

「うん、一緒に舞台に立っているよ。見にきてくれればいいのにさ」

にかっと歯を見せて笑うと少年らしい顔になった。

鹿の輔の兄分菊山は、芸への執念から自分の身に鬼を呼んでしまった。それを多聞と青とで救い出したのだ。

「今日はどうしたのだ？」

「実はね、先生に頼みがあってきたんだよ」

鹿の輔はひらひらした女物の浴衣を男の着方で着て、膝を出してあぐらをかいた。そのすねもそっているのかつるりとしていて若い娘のようだ。

「前に上野の茶屋で会った大奥の御中﨟を覚えてるかい？」

多聞はちょっと首をかしげた。

「――ああ。確か……濱中《はまなか》さまとおっしゃったな」

ちゃんと顔は見ていないが華やかな着物姿を覚えている。

「そう。その方がお忍びで先生と会いたいって言ってきたんだ」

「俺に？」

「なんか診てもらいたい病人がいるんだって」

多聞は首をひねった。

「いや、大奥にはちゃんと御殿医がいる。俺のような町医者風情が上がれるわけがないだろう」

「ああ、もちろんさ。でもそれでもってこたぁ、病人はあっちの方なんじゃないの？」

鹿の輔は多聞に顔を近づけて言った。

「あっち？」

「つまり、化け物の方」

多聞は「むぅ」と口を結んだ。濱中は以前、密会した茶屋で歌舞伎役者の菊山に襲われている。菊山は芸に執着するあまり妖怪にとり憑《つ》かれたのだが、濱中といたときはまだ変化していなかった。なのにあやかしのことを知っているということは。

「鹿の輔さん。あのときの話を大げさに吹聴《ふいちょう》したんじゃないだろうな」

多聞が睨《にら》むと鹿の輔はそっぽを向く。

「俺や青にもできることとできないことがあるのだぞ？」

「でもとても困っているそうなんだよ。医者は人を治すのが仕事だろ？　何百人医者がいても、あやかしにとり憑かれた人を治せるのは多聞先生だけだよ」

そんなふうに言いくるめられ、多聞は青を伴って濱中が指定した日時に茶屋へ赴くことになった。青の同席は濱中の方から言ってきたのだと鹿の輔は言った。

その場所は上野の高級茶屋と同じくらいか、それよりも格式は高かろうと思える店だった。

濱中はまだ来ていなかったが、店のものが酒やつまみの膳を出してきてくれた。高級茶屋らしく、見た目も美しく、酒の香りも華やかに立つ。

話を聞かないうちに心配しても仕方ありませんよ、と青が言うので、それもそうかと多聞もおいしくいただくことにした。

半刻ほどして、襖《ふすま》が静かに開いた。そこにはお忍びで城外に出たにしては豪華すぎる衣装の女性が立っていた。打ち掛けをひきずっているわけではないが、一目見て高価なものだとわかる。しかし、当然ついているはずのお供はなく、一人きりだ。

多聞と青は膳をわきにのけると畳に手を突いて頭を下げた。

「よいよい、こちらが頼んで来てもらったのじゃ。楽にされるがいい」

濱中は朗らかな声でそう言うと、するすると部屋の中央に進み、そこに正座した。

「最初に誤解があるようなので言っておく。菊山たちからはわたくしが御中﨟だと聞いていたかもしれぬが実際はそうではない。中年寄《ちゆうどしより》という役職についておる」

「どう違うのですか？」

大奥になどとんと縁のない多聞にはその二つの違いはよくわからない。

「御中﨟は上様や御台所《みだいどころ》のお世話をするものじゃ。中年寄は大奥を取り仕切る御年寄《おとしより》を手伝うものとなる。最初に菊山を呼んだ時、役職名は名乗らなかった。菊山がそう思っていたのでそのままにしておいたのじゃ。まあ名も似ているからの」

「はい……」

多聞の応えはぼんやりしている。実際相手の役職がなんであろうと医者の自分には関係ないと思っているからだ。

「そもそも御中﨟がみだりに歌舞伎役者に会いにきてはならぬ。御中﨟は上様の御手《おて》付《つ》きになる可能性があるからな」

「そもそも大奥の方が役者遊びをされてはいけないのでは？」

青が薄笑いを浮かべて濱中を見上げる。それに濱中はにやりと高貴な女性らしからぬ笑みを浮かべた。

「それはそれ、じゃ」

そう言うと今度は真面目な顔で多聞を見やった。

「今からわたくしが言うことは、大奥御年寄さまからの言葉と思ってほしい」

「ははっ」

多聞は急いで頭を下げた。中年寄と御中﨟の区別はできなくとも、さすがに御年寄というのが老中と並ぶほどの権勢の地位だということは知っている。

濱中は姿勢を正して鋭く言った。

「武居多聞、おぬしに大奥にでる怪異を退治してもらいたい」

「ははっ――はあ？」

二

多聞は濱中の言葉に目を白黒させた。

「お待ちください、私は医者です。病人を診るお話だと鹿の輔さんから聞いておりますが」

「うむ、病人もでている。それも怪異のひとつじゃ」

濱中はつんと頭を上げ、なんでもない口調で言った。古風な話し方をするが、おそらくまだ三十路《みそじ》あたりだろう。改めて顔を見ると、眉の黒い、勝ち気そうな目をした美しい女だった。

「病人は、どなたですか？」

「御中﨟の於瑠衣というものじゃ。半年ほど前から臥《ふ》せっておる」

「その方はどこがお悪いので？」

「顔じゃ」

多聞よりやや背後に座っている青が、ぷっと小さく吹き出す。それで気づいたように濱中は言い直した。

「いや、もともと於瑠衣は美しいおなごじゃった。中臈の中でも一、二を争うほどじゃ。しかし、半年前から顔に……瘡《かさ》（できもの）ができての」

濱中は途中から小声になった。

「医者に診せてもどんな薬を使っても治らぬ。かえって日々悪くなっているようなのじゃ」

「濱中さまは於瑠衣さまのお顔をごらんには？」

濱中は首を振った。髷《まげ》に挿した玉虫色のかんざしがきらりと光る。

「於瑠衣は見せぬ。そんなことを強要すれば自害しかねん」

「誇り高いお方なんですねえ」

青が感心した様子で言った。

「しかしそれが怪異とどうつながるんですか」

「うむ、それだ」

多聞の声に濱中はずいっと膝を進めた。

「そもそもの話をすると、一年前に大奥で死人がでた」

「ほう」

相槌《あいづち》を打ったのは青だ。

「しかも自害だ。夜のうちに台所の梁《はり》に首をつって」

「それは」青が顔をしかめた。「掃除が大変だったでしょう」

「確かにな」

濱中もそのことを思い出したのか眉を寄せる。首をくった人間はあらゆる箇所から体液を垂れ流して死ぬ。

「それからしばらくしてその死んだ女、お久万の幽霊がでるという噂が長局《ながつぼね》の中に広まった」

「幽霊、ですか」

長局というのは御殿女中たちの宿舎であり、上級女中たちは一部屋、下級女中たちは数人で寝起きする所だ。

「見たものがいた。お久万の友人でお廉《れん》という。二人とも於瑠衣の部屋方だ」

「部屋方というのは？」

「我ら御殿女中が直接雇っている女中のことじゃ。於瑠衣の部屋方は数が多くて十人はいる」

「そんなに」

一人の女の世話をするのになぜそれほどの数がいるのか、多聞には見当もつかない。

「お久万さんはなぜ自害なさったのですか」

青が屈託のない調子で聞いた。

「わからぬ」

濱中はあっさりと言ってのけた。

「いろいろと噂や憶測はあるが、なんの証拠もない。だから原因は不明としか言いようがない」

「それでその幽霊事件と於瑠衣さまとの関係は？」

あくまで軽い調子で聞く青に、濱中は渋い顔をした。

「それだ。於瑠衣の顔の瘡がそのお久万の祟りだというのがもっぱらの噂でな」

「また噂ですか」

さすがに女ばかりの大奥、噂は次から次へと生まれるらしい。青は小さく肩をすくめると、誰もが当然思うようなことを口にした。

「しかし祟りというなら、そのお久万という御女中は於瑠衣さまを恨んでいたということですか」

「そうなるが……なぜ於瑠衣が恨まれていたのかはわからぬ」

濱中は視線をそらした。その様子から思い当たる節があるのではないかと多聞は推察する。

「さらにこのところまた新しい噂が広まりつつある」

「今度はどんな？」

「お久万の幽霊が於瑠衣だけでなく、大奥の美しい女全体に祟っておると」

「それは――」

多聞は正直呆《あき》れた。青もまた茶化した口調で聞く。

「大奥は美女三千人、そのすべてに祟ると？」

「まあ真《まこと》に美女というのは少ないと思うのだがな、やはり市井よりは多いかと思う」

濱中は小首をかしげた。彼女からしてかなりの美貌の持ち主だ。

「その噂は実態を伴っているのですか？」

多聞が尋ねると、濱中はうなずいた。

「そうじゃ。ここ数日で顔に怪我をした女が何人か出ておる」

「顔に怪我、ですか」

多聞の医師としての好奇心が疼《うず》く。

「しかも寝ている時にだ。転んだりぶつけたりするわけではない」

「怪我はどんな様子なんです」

多聞は身を乗り出す。

「ひっかき傷のような切り傷のようなものじゃ。紙で指を切ることがあるだろう、あんな細い傷だが、けっこう深いので、枕が血だらけになる」

む、と多聞は顎を摘《つ》まむ。眠っているうちに無意識で顔をひっかくことはあるだろうが、それで何人も傷つくというのは説明できない。

「どなたもなぜ自分が怪我をしているのかご存じないのですか？」

「うむ。だが、最近怪我をした女は怪しいものを見ておる」

「それはどんな――」

濱中は顔を突き出すようにして、小声で言った。

「その女は黒い蛇のようなものが飛びかかってきたと言った。思わず払いのけるとそれはどこかへ消えてしまったが……指に髪の毛がいく筋も残っていたという」

「髪の毛、ですか」

「蛇が髪に変わったというよりは、髪が固まって蛇になっていたのかもしれぬ」

ため息をもらしたのは青だった。するりと腕を組み首を傾げる。

「お久万という女の霊がその化け物になったのかもしれません」

「だとしたら――」

濱中は眉間のしわを指先で押さえた。

「お久万の恨みは相当深いのだな」

「大奥が陥っている状況はわかりました。しかし、私たちが大奥に出向くわけにはまいりません。病気や怪我の方をこちらに連れてきていただけるなら……診察することは可能です」

崇りや呪いはわからないが、患者がいるなら診る。あくまでも医者としての立場だ。

「崇りを祓《はら》う方法を知らぬか？　せめて於瑠衣の顔だけでも治せぬか？」

必死な顔の濱中に多聞は頭を下げた。

「申し訳ありません。私の生業は医者ですので於瑠衣さまを診ることしか」

「——いや、方法はありますよ」

しばらく考え込んでいた青が明るい声を出した。はっと濱中が期待に満ちた目を、多聞は余計なことを言うなという目を向ける。

「確か大奥の上級女中の方々は、親類縁者ならお部屋に呼べると聞いたことが」

「ああ、母親や姉妹、姪《めい》などは呼べる。九歳にならぬ男児もな」

「そこに我々を招いていただきたい」

濱中はむっとした顔で青を見る。

「聞いておったか？　男子は九歳未満だ」

「そのへんは大丈夫です。我らが美女になりましょう」

「なに？」

「青、それは無理だ」

多聞がまじめな顔で首を振る。

「なるほど、おまえや鹿の輔さんならば、美女に化けることもできるだろう。だが俺はどうする？　この図体《ずうたい》でこの顔だ。白粉《おしろい》など乗せたらそれこそ化け物だぞ」

その言葉に想像してしまったのか、濱中が前屈みになる。

「なに、そんなことはしませんよ。まあ着物くらいは用意していただきますが、要は目眩《めくら》まし。幻術を用います」

「幻術、とな？」

濱中は笑いを引っ込め驚いた顔で青を見た。

「おぬし、そんなものが使えるのか？」

「俺は薬売りです」

青はにやにやしながら言った。

「どんな幻でもお見せすることができますよ」

三

濱中は目の前で頭を下げている二人の娘をまじまじと見つめた。自分の縁故ということにして呼び寄せた女たちだ。

「本当におぬしらなのか」

その声に二人が揃《そろ》って頭を上げる。ここは江戸城の奥の奥、大奥と呼ばれる女の巣、中年寄濱中の部屋だった。十七畳以上ある広い部屋に三人が膝つきあわせて座っている。

「濱中さまが着物を用意してくださって助かりました」

一人が言って妖艶な笑みを見せた。濱中は目を極限まで見開きごくりと息を呑む。

「いや、そちはいい。そちならわかる。あの薬売りであろう？　だがおぬし、」

濱中は鋭くもう一方に向けて指を突きだした。

「おぬしはだめだ、武居多聞。一体どうしたことだ。わたくしにはおぬしがおなごにしか見えぬぞ」

「恐れ入ります」

多聞が男のままの声で答えたので、濱中は座布団からずり落ちた。

「お、おう……声はそのままなのじゃな、驚いた。おぬし声は立てるなよ、心ノ臓に悪いわ」

「は、」

苦々し気な声を出しているが美女の表情は水の面より揺れがない。

「種明かしをすることはできないのですが、これが幻術でございます」

「幻術……これが」

もちろんそれは青の、九尾の一尾ゆえの能力だ。だがそれを濱中に言うことはできない。

「しかし今は幻術がどうのこうのと言うより、大奥の怪異を解決するほうが優先のはず。とりあえずこれが武居多聞であることはお忘れください。ただ濱中さまの縁戚で医術を学んだものであると、於瑠衣さまにご紹介ください」

さっきから話しているのは青だけだ。

多聞の心境は複雑だった。いくら青や濱中に女に見えると言われても、自分が変わった感じはしない。だからこのような華やかな女ものの着物を身につけているのが恥ずかしくてしょうがなかった。

「着物まできちんと幻術で見せるのはむずかしいんです」

城に入る前、青はそう説明した。

「だから着てもらえた方が俺の力を省くことができます」

「本当か?」

「本当です」

大まじめにそう言ったあと、そっと横を向いて「可愛《かわい》らしい」と笑ったので多聞は疑っている。青はたんに自分にこんな格好をさせたかっただけではないか。

「確かに薬売りの言うとおりだな」

諦めたような濱中の声がして、多聞ははっと我に返った。

「それでは今から於瑠衣の部屋へ参ろう」

立ち上がりかけた濱中に青が両手をつく。

「於瑠衣さまを診るのは多聞先生だけでよろしいでしょう。俺はほかの部屋方の方々に、お久万さんのことや噂の話を聞いてみたいと思います。よろしいでしょうか？」

「そうか。では部屋方を呼んでおこう」

多聞が濱中と一緒に廊下を進むと下級女中たちが仕事の手や足を止め、深く頭をさげる。濱中は彼女たちを一顧だにせず、しゅっしゅと打ち掛けを引きながら歩いた。

迷路のような廊下をどのくらい進んだか、ある部屋の前で濱中は立ち止まった。

「濱中である」

すると障子が内側から開き、女中が二人平伏して迎えた。

「於瑠衣どのの具合はどうじゃ」

「はい、いまだお変わりなく」

「今日のことは伝えてくれたか？」

「はい、ですが……」

女中の一人はちらと奥の襖を見た。四季の花が描かれた襖は、夏のこの暑さだというのにきっちりと閉められている。

「申し訳ありませぬ。お会いしたくないと」

ちっと濱中は小さく舌打ちすると、

「於瑠衣どの!」

といきなり大きな声でよばわった。

「病状に変わりないのであろう? ならばわたくしの連れてきた医師を試してみよ。このものは長崎で蘭方《らんぽう》を学んだもの。大奥のご用医師とは違うぞ!」

「は、濱中さま、おやめください」

女中たちが慌てて濱中の打ち掛けにとりすがる。

「そのように於瑠衣さまのお心を乱すようなことは……」

「於瑠衣どの、このまま醜い瘡を抱えて隠れて生きていくおつもりか!」

女中たちを無視して濱中がもう一度声をあげたとき、どんっと襖がたわんで大きな音がした。内側でなにかを投げつけたようだ。

「ふむ、元気があるではないか」

濱中は紅《あか》い唇をつり上げしゅっと打ち掛けを引くと、部屋の中へはいった。女中たちが周りでおろおろするが無理に引き留めようとはしない。彼女たちは主人への忠義とその身の回復を願う心の間で揺れているのだろう。

「開けるぞ！」

「開けないで！」

声が外と内で同時にあがり、濱中が襖を開いた。同時に枕が飛んでくる。

「おっと」

濱中はひょいと身をそらし、それを避けた。夏用の陶器の枕が畳に当たってくるくると回る。

「多聞、来い」

濱中に呼ばれ、多聞は急いで部屋の中に入った。

「ごきげんよう、於瑠衣どの」

濱中は立ったまま挨拶した。布団の中にいたのは顔を白い布で包んだ女だった。

「濱中さま……」

白い布は目と口の部分が開いていたが、そこから見えるのは赤くただれた肉だった。

「於瑠衣どの。このものはわたくしの縁戚で多聞という。蘭方を学んだものじゃ。そなたの病を治すすべをもっているかもしれぬ」

「今更……」

於瑠衣は薄い掛け布団をきつく摑んだ。

「今更この顔はどうしようもございませぬ！」

「諦めてはならぬ」

於瑠衣はだだっ子のように首を振る。首の根本で結んだ長い髪が、水の流れのように布団の上を這《は》った。

「この顔は祟りなのです！　医師がなんの役に立つというのですか！」

それに濱中は我が意を得たりとばかりに勢い込んで言った。

「実はこの医師はただの医師ではない！　祟りや化け物のことも熟知しておる！」

「え……」

「……っ」

平伏していた多聞は思わず頭を上げ、否定しようとしたが、じろりと睨まれ顔を伏せた。

「蘭方に妖怪学、その二つを備えたまれにみる人材じゃ。だまされたと思って診察を受けよ」

だまされたと思って医者にかかるのはどうなのか。いろいろと言いたいことはあるがとりあえず飲み下す。

「真ですか……」

「真じゃ。於瑠衣どのはこもられていたからご存じないと思うが、最近浅草猿若町《さるわかまち》で話題の一座、高峯座《たかみねざ》で演じられていた『振り袖お化け』、あれは実際起きた事件をもとにしておる。それを解決したのがこの多聞なのじゃ」

濱中は立て板に水の如《ごと》くぺらぺらと、自慢げに話した。

「振り袖お化け……女中たちが話してくれました。こっそり観《み》に行ったものがいて……」

「この世ならざるものはいる。そなたの病が祟りだ呪いだというなら、それもこの世の理《ことわり》では解決せぬもの。どうじゃ、一度このものに任せてみぬか」

「……」

於瑠衣は布団を握っていた手を自分の顔へ移した。布の上からそろそろと撫でる。

「ほんとうに……治るのですか」

「治る」

濱中がきっぱりと言うので多聞は焦る。もし治らなかったらどうするのだ。

「わかりました……濱中さまに……その医師にお任せします」

「うむ」

濱中はほっと肩の力を抜いた。

「そんなわけだから頼むぞ、多聞」

多聞はしぶしぶ頭を下げた。

「そうじゃ、於瑠衣どの。この多聞、のどを痛めていてな。男のように太い声しか出せぬ。驚くなよ」

濱中は声のことにもちゃんと気を配ってくれた。

しゅるりと打ち掛けの裾を回すと、濱中は襖を開け、外へ出てしまった。

部屋の中には多聞と於瑠衣だけが残される。多聞は膝を滑らせて患者に近寄った。

「それでは」

多聞の声を聞き、於瑠衣がぎょっとしたように顔をあげる。無理もない、美しい唇から出るのは太い男の声だ。

「お顔を拝見してもよろしゅうございますか」


多聞は於瑠衣の顔の布をほどいていった。布は上等な絹だったが、内側は血と膿《うみ》で汚れている。

すべてはずしてその顔を見たとき、さすがの多聞も少しばかりたじろいだ。顔全体が赤黒く腫れ上がり、ぶつぶつとしたできもので覆われている。やけどの火膨れのようにも見える箇所があったり、それがつぶれて膿《う》んでいる箇所もあった。

「……」

多聞はじっくりとその状態を観察した。

「少し、触れてもようございますか」

「いいわ」

多聞はそっと指先で火膨れのような箇所に触れた。

「痛みますか？」

「ちりちりする」

「……これは、おつらいでしょう」

多聞が静かに言うと、於瑠衣の目に涙が盛り上がった。

「つらい。痛いし熱いし、話したり食べたりするために口を動かすだけで痛いわ」

ぽろぽろと涙をこぼして於瑠衣は訴えた。

「一番苦しいのはこの顔が治るかどうかわからないことよ。この顔のまま生きていくなら死んだほうがましだわ」

「そうですね、よくがんばっていらっしゃいます」

於瑠衣はぐすぐすと洟《はな》をすすりあげ、多聞を見上げる。

「どう？　治るの？　わたくしの顔は」

「これはいつ頃から発症したのですか？」

多聞は穏やかな口調で聞いた。

「春先よ。花見の宴があったすぐあとだったから弥生の中頃」

「そのときは医師にお診せになりましたか」

「もちろんよ」

「医師の判断はいかがでしたか」

質問に於瑠衣は不満そうに唇を歪《ゆが》めた。

「虫によるかぶれではないかということだったわ。だけど、医師に処方してもらった薬を塗ってもよくならなくて……。かえってひどくなり、別の医師に診てもらったの」

「その医師はなんと？」

「やはりかぶれであろうと……けれど、わたくしはそのあと外へは出ていないの。虫にかぶれようがないわ！」

理不尽なことを言われたと、於瑠衣が怒りを孕《はら》んだ声で答えた。

「祟り、だと」

多聞の言葉に於瑠衣がぎりっと歯を食いしばる。

「そういう噂が出たそうですね。そして今はあなたもそう思っていらっしゃるのですか？」

「それは――」

「祟られるような心当たりがあると？」

畳みかける多聞の声に於瑠衣の意気地が弱くなる。

「それは……」

「すべてお話し願えますか？」


一方その少し前、青はあらかじめ濱中を通じて女たちを長局に集めていた。

於瑠衣の部屋方が二人、御次《おつぎ》の女中が一人、御三之間《おさんのま》の女中が一人、最後に台所で働く御末《おすえ》だ。青は自分のことは濱中の縁戚の青井《あおい》と名乗っていた。

「さて、お聞かせいただきたい」

青は自分の前に座る五人の女を見回した。

「こちらにいらっしゃるのは幽霊を見たとおっしゃった方々です。いったいどんな幽霊で、いつ頃見たのか教えてください」

女たちは顔を見合わせる。居心地悪そうにもぞもぞと体を揺らしたり、うつむいたりしていた。

「あの、たぶん私が最初に見たんだと思います」

その中で一人、はっきりと顔を上げたものがいる。

「あなたは？」

「於瑠衣さまのお部屋の女中で廉といいます」

お廉はまだ二〇にはなっていないだろう。地味な顔だちだったが、聡明《そうめい》そうな目をして口調もはきはきしていた。

「そのときのことを話してもらえますか？」

「はい、あれはお久万さんが亡くなって一月ほど経《た》った頃……師走のことです。お久万さんが亡くなったのは霜月の中頃でしたから。その日は初雪が降った日だったからよく覚えてます」

お廉は目をやや上に向け、記憶を辿《たど》る顔をした。

「あの雪の午後――」

お廉は御切手書《おきってがき》の部屋にゆく用事があった。初雪が白く染めている庭を見ながら歩いていたとき、廊下の角から女が一人出てくるのを見た。

お廉は不思議に思ったという。女はうつむいて顔が見えず、しかもその歩き方がひどくぎくしゃくしていたからだ。まるで下手な操り人形の動きのように見えた。

（だれかしら……）

ほかに歩いているものもおらず、このままでは二人きりですれ違ってしまう。様子のおかしな人のそばに近寄るのは怖いと思ってしまった。

しかし女はこちらへ近づいてくる。お廉も足を止めずに歩いた。立ち止まるのは負けたような気がしていやだった。

しばらく進むとようやく相手の顔がわかった。それは同じ部屋のお久万だった。

(なんだ、お久万さんじゃない。どうしてあんな変な歩き方をしているの?)

そう思ってほっとしたあと、全身の毛が逆立った。お久万は一月前に死んでしまったではないか。

それでお廉はへたりこんでかなきり声をあげて——、

「きゃあああああっ!」

そのときのことを思い出したのか、お廉はいきなり叫び声をあげ顔を覆った。一緒に長局に集まっていた女中たちも驚いて悲鳴をあげる。

しばらく長局の中はきゃあきゃあと大騒ぎになったが、青が手を叩《たた》いてその興奮を鎮めた。

「すみません……」

お廉は大きく息を吐いて落ち着きを取り戻した。

「私が悲鳴をあげたので障子を閉めていたほかの部屋の方々も出てきてくれました。どうしたのかと問われたので私はお久万さんの幽霊を見た、そこに立ってたと答えました。みなさん、そんな馬鹿なと笑われたんですけど、廊下の床の上が丸く濡れ、そこから小さな足跡が庭に続いていたのを見つけたんです。でも庭には足跡ひとつなくて……」

お廉は顔を覆って畳の上に伏した。ほかの女たちも「わたしも」「わたしも」と声をあげ始める。

同じ師走の中旬、お廉と同じ於瑠衣の部屋方のお千佳《ちか》は夜中お手水《ちょうず》に行くときに誰かがついてきている足音を聞いた、と話した。廊下の角を曲がるとき、そっと顔を出して覗くと、その女の顔は白い布で覆われていて、思わず悲鳴を上げた――。

御三之間の女中、明代《あきよ》は上級女中の部屋の掃除の役目についている。年が明けて正月、煙草盆《たばこぼん》を持って於瑠衣の部屋へ行こうとしたところ、廊下の角から白い手首が出ておいでおいでしていた。

「お久万さんの幽霊の話を聞いていたのですっかり怖くなって……煙草盆を取り落として御三之間に駆け戻りました」

明代は同輩と一緒にもう一度、おっかなびっくり廊下に行ったが誰もいなかった。

「でも廊下には水が落ちており、その水の跡が久万と読めたんです……」

御次の美里《みさと》が幽霊を見たのは少し間があいて如月《きさらぎ》の頃だった。

御次の役目は調度品を取り扱ったり芸を見せて女中たちを楽しませたりするという。

美里は踊りの師範をしており気丈な性質《たち》で幽霊など信じないと豪語していた。

「でもご覧になったのですか？」

青の言葉に美里は小さく首を横に振った。

「厳密に言えば見たわけではないのです」

茶道具の手入れをしていた美里は、障子の向こうでかさかさとなにかが動く音を聞いた。

なんだろうと立ち上がって障子を開けると、そこに見たこともない、巨大な蛾《が》が蠢《うごめ》いているのを目撃した。

「茶色くて大きくて毛むくじゃらで……手のひらを二枚あわせたくらいの大きさの。あ、あんな大きな虫を見るのは初めてでした」

美里の証言にほかの女たちが「ひいっ」と怯《おび》える。

「悲鳴を上げて人を呼ぶと、ちょうどそこにお廉さんが来てくれて」

美里の言葉にお廉がうなずく。

「はい、私もびっくりしました。あんな大きな蛾は知りません。私は庭に飛び降りて、無我夢中で椿《つばき》の枝を折ると、それで蛾を庭の方へ追い出したんです」

「あのときは助かったわ」

美里が涙ぐんでお廉の手を取る。

「雪の中を飛び出してくれて……。わたし、虫だけはだめなのよ」

「お師《し》さまは前からそうおっしゃってましたものね」

お廉が美里の手を握り返す。二人は微笑《ほほえ》みあった。

「お師さま、とは？」

「はい、私は美里さまに踊りを習っておりますので」

お廉が得意げに言う。

「で、幽霊はどこに出てくるのですか？」

「そのあとでございます」

美里が顔を曇らせた。

「虫を追い払って二人して廊下にへたりこんでいたとき、お廉さんが椿の木の向こうになにかいる、と言って」

その言葉にお廉がうなずく。

「わたしはまた虫が出てくるのかと生きた心地もしませんでした。二人で震えながら椿の木を見ていたとき、お廉さんが……お久万さんがいる、と」

お廉が励ますようにぎゅっと美里の手を握った。

「そんなばかなと思いました。それでも椿の木を見ていると、だんだん雪をかぶったそれが人の姿のように見えてきて……そのときまた蛾が現れたのです、それもいきなりわたしの膝の上に！」

きゃーっと女たちはまた悲鳴を上げた。

「わたしはもう怖くてなにも考えられなくなって、お廉さんが、お久万さんごめんなさい成仏してと叫んでいるのを聞いて、同じように何度も叫びました。その甲斐《かい》あってかいつのまにか蛾はいなくなりました……」

「なるほど、つまりあなたが見たのは蛾だけだったんですね」

「ええ……でもあの蛾がお久万さんの化身だったのかも、と思っています」

ふうん、と青は美しく化粧した顔に笑みを上らせた。

「ではお廉さんは初雪の日と如月と、二回お久万さんの幽霊を見ているのですね」

「はい、そうです」

青の笑みをどうとったのか、お廉は挑むような目つきになった。

「さて、最後はあなたです」

青は台所の下働きである御末の少女に目を向けた。ほかの女中たちは武家や大店《おおだな》の娘たちだが、下働きは力のいる仕事なので、農家からも雇いいれられていた。

御末のおもんはまだ一〇代初めに見えて幼かったが、その指は節くれだち、ごつごつとしていた。少女は指を組み合わせ、怯えた目を上げた。

「あ、あたしは一回だけ……明け方かまどの火をおこすんで台所にいったとき、白い人がいたんです……」

おもんは小さな声で早口に言った。

「白い布を頭からかぶって……ちょうど、お久万さまが首をくくられた場所に立って……あたし、すぐにお久万さまだと思って腰を抜かして……」

「お久万さんの幽霊はその場にずっといたんですか？」

「いいえ、いいえ。すぐに台所から出て行かれました。でもお久万さまがいたところがぐっしょり濡れていました……もう勘弁してください」

おもんは目に涙を浮かべ震えている。御三之間の明代がその小柄な体を抱き寄せ、背中を優しく撫でて慰めた。

「なるほど、よくわかりました」

青は五人の女たちを見回した。

「この中でお久万さんの顔をはっきり見たのはお廉さんだけなのですね。どうしてお廉さんは見ることができたのでしょう」

「それは――私がお久万さんと親しかったからだと思います」

お廉はゆっくりと、青に言い聞かせるように言った。

「ほう？　親しかった、とは」

「お久万さんとは大奥に上がった時期が近かったんです。だからすぐにお友達になりました……お久万さんの方が年上だったので、私は姉のように慕いました。優しくて朗らかで、とてもいい人だったんです」

お廉の目が潤む。亡き人を語る口調も優しかった。

「お友達、ね」

青の言葉に含みを感じたのか、お廉が目の縁を赤くしたまま見返す。

「なんですか？　私とお久万さんがお友達でなにか問題でもあるんですか」

棘《とげ》を含んだような声に青は両手を胸の前で振った。

「いや、ただ不思議に思ったんですよ。そんなに仲良しさんならどうして廊下で会ったときすぐにお久万さんだとわからなかったんだろうって」

「それは——」お廉はわずかに身を引いた。「だから……うつむいてたし、変な歩き方だったから……。でもそのあとすぐにわかって」

「悲鳴を上げたと」

きっとお廉は青を睨みつける。

「だって！　お久万さんは一月も前に死んでたんですもの！　びっくりして叫びます！」

「ああ、すみません。責めているわけではないのです。お気にさわったなら謝ります」

青は頭を下げた。前髪に挿したかんざしがチリリと涼やかな音を立てる。

「おや？」

顔を下に向けた青の目は正座しているお廉の膝に向いた。膝の上には手が揃えて置かれている。

「お廉さん、その指はどうなさったんですか？」

お廉の手は赤く腫れていた。いくつか水疱《すいほう》も出来ていて痛そうだ。お廉はさっと手をたもとの中に隠した。

「申し訳ありません、お見苦しいものを。これは――櫨《はぜ》の木にかぶれてしまったんです」

「櫨ですか」

櫨は細長い葉が葉軸から十数枚対で生える。秋には真っ赤に紅葉し、庭を美しく飾るが、ウルシの仲間なので、その枝や葉を傷つけたときに出る樹液は酷《ひど》いかぶれを起こさせた。

お廉はたもとの中に手をいれたまま、袖を重ねた。

「はい、お庭に何本か生えてまして、生け花用に伐《き》ったときにうっかり切り口に触ってしまったんです。触っちゃいけないと言われてましたのに」

「そうですか、お大事になさってください」

青は優しく言ってうなずいた。

「それでは最後にお尋ねします。その幽霊になったお久万さんですが……なぜ自害されたのかみなさんはご存じですか」

　青がそう言った瞬間、女たちの雰囲気が変わった。急にしん、と冷たい空気が降りたようだった。

「……わかりません」

　そう言ったのは部屋方のお千佳だった。

「お久万さんがなぜ死を選ばれたのか……大奥に慣れることができず、つらかったのかもしれません」

　ほかの女たちもコクコクとうなずく。御末のおもんはぎゅっと目を閉じていた。

「みなさん、心当たりがないと」

　青の言葉にだれも返事をしない。ただ黙って畳に目線を落としているだけだった。

「お久万さんの祟り……」

　青がそっと言うと女たちの体が目に見えて揺れた。

「於瑠衣さまの病がそう言われているとも聞きました。なぜお久万さんは於瑠衣さまに祟るのですか？　お久万さんはなにを恨んでいるのです」

「――な、なにも！」

　お千佳が叫ぶように言った。

「恨みなんかないわ、わたしたち何もしていないもの。恨まれる筋合いなんてない！」

「ではなぜ祟りという言葉が出たのでしょうか」

今度こそみんなうつむいて声をしまった。長い時間が流れたが、とうとう誰も口をきかなかった。


「なぜ祟りと思われたのか、心当たりがあるなら話してください」

多聞は於瑠衣にそう言った。於瑠衣は視線をあちこちに飛ばしているだけで黙っている。

「於瑠衣さまの部屋にいたお久万という部屋方が死んでますね。その祟りという噂があるようですが……なぜお久万さんが於瑠衣さまに祟るのですか」

「それは……」

「はい」

「それは……わからないわ」

多聞は黙って於瑠衣を見返した。部屋の女主人は視線を合わせようとしなかった。

いたずらに流れる沈黙に苛立《いらだ》ったのか、とうとう於瑠衣が声をあげた。

「お久万は大奥に合わなかったのよ！」

「合わない、とは？」

「言葉通りの意味だわ」

於瑠衣は掛け布団を揉《も》みしだきながら言った。

「大奥にはいろんな女がいるの。わたくしたちのような上級女中は一生大奥の外にでることはない。だから生涯を大奥勤めに捧《ささ》げることを入る前から決心しているわ」

将軍や御台所の世話をする御中﨟なら、将軍に見初められて側室になる可能性もある役職だ。於瑠衣も当然その機会を待っていたのだろう。

「でもお久万のような部屋方は違う、あれらは辞めたいときには大奥を出ることができるのよ。御家人《ごけにん》や商家の娘たちは嫁入りに箔《はく》をつけるために大奥にあがるの！　だからそもそも覚悟が足りないんだわ。お久万もそんな女だったのよ」

於瑠衣の口調にはどこかさげすみがあった。

「大奥に合わなかったから死んだと？　だったらなぜお久万さんは死ぬ前に大奥を出なかったのですか」

「それはわからない。お久万にはお久万なりの事情があったのでしょう。けれどそれはわたくしの知るところではないわ」

「お久万さんがそれほど大奥に合わなかったというのはなにが原因と思われますか」

そう聞いたとき、於瑠衣は顔を歪めた。いや、唇の位置が持ち上がったのでもしかしたら笑ったのかもしれない。そんな表情のあと、於瑠衣は痛そうに頬を押さえた。

「お久万が大奥に合わなかった理由？　それははっきりしているわ」

「それは？」

於瑠衣は吐き捨てるように言った。

「顔よ」

「顔？」

多聞は於瑠衣の腫れて膿だらけの顔を見つめた。

「お久万は不細工な女だったの。ひらべったい顔で鼻も大きくて広がってて。口なんかいつも小さく紅を塗って白粉をはたいていたけど、かぼちゃに切れ目をいれたみたいに大きかったわ。だから……っ」

「だから？」

於瑠衣は唇を結んだ。さすがに言い過ぎたと思ったのかもしれない。

「……お久万が自分とほかの女中を比べて苦しんだとしても仕方がないと思うわ。ほんとに花園に入り込んだ熊のようだったもの。お久万じゃなくて熊って名を変えればと言ったけど、あれはへらへら笑うだけで……。わたくしならあんな顔に生まれついたら死にたくなるわよ」

於瑠衣は両手で顔を覆った。

「だから今！　わたくしは死にたい！　こんな顔で生きていくなんていやっ。お久万はわたくしの美しい顔を恨んでいるのよ、呪って死んだんだわ。だからこの顔はお久万の祟り……お久万の逆恨みなの！」

於瑠衣は多聞の着物の袖を摑み、腫れ上がった顔を近づけた。

「お願い、多聞！　この顔を治して！　なんでもする、いくらでも払う。だからお願い、お願いようっ！」

わあっと於瑠衣は泣き出した。多聞はそのきゃしゃな背中に手を当て、そっと撫でた。

「於瑠衣さま……お顔の状態を拝見したところ、私もほかの医師と同様に、虫によるかぶれではないかと思いました。この症状は枯葉蛾《かれはが》という蛾の幼虫の毒針によるものに近いのです」

「……」

於瑠衣はひくひくと背を波打たせ、すすり泣きを続ける。

「ただ、かぶれといってもこれほど広がったものは見たことがない。お薬は毎日塗ってらっしゃるのですよね」

「も、もちろんよ」

しゃくりあげながらも於瑠衣は答えた。

「私にその薬を見せていただけないでしょうか」

於瑠衣は多聞からようやく離れると、自ら立って水屋の戸棚の中から漆塗りの箱を出してきた。

「お薬はこれよ……毎朝毎晩塗っているわ」

箱の中には小箱が三つ入っており、そのうちのひとつに赤っぽくべっとりとした塗り薬が納められていた。

「華岡《はなおか》という有名なお医者が処方した最新のものと聞いているわ」

「華岡青洲《せいしゅう》先生……ということは紫雲膏《しうんこう》ですね」

多聞はその情報を得ていた。明から伝わった膏薬《こうやく》を華岡青洲が使いやすく改良したものだ。

「ええ……たしかそういう名前だったかしら」

「紫根《シコン》や当帰《トウキ》に豚脂《トンシ》を加えたものです。効き目は確かです」

多聞はそれを指先ですくってみた。

「これはご自分でお塗りに？」

「部屋方に塗ってもらっているわ……」

於瑠衣はやる気のなさそうな口調で言った。

「この薬をいただいてもよろしいですか？　私の方で調べたいと思います」

「わたくしの薬がなくなってしまうじゃないの」

「それならこれを」

　多聞は自分の道具箱から小さな棗を取り出した。青が作ったやけど薬だ。

「これは肌の力を高める薬です。小さな傷ならばすぐに治ってしまうほどの効き目があります」

「……治る?!」

　於瑠衣はその棗に飛びついた。原材料が化け物だとは言わない。

「夜寝る前にお顔の膿を布で押さえ、ぬぐったのちにまんべんなく塗ってください。できれば於瑠衣さまご自身の手で」

「わたくしが？　自分で？」

「はい。於瑠衣さまは指もかぶれていらっしゃいます。ご自分で塗れば指にも効くでしょう」

「……あ、ありがとう……」

　於瑠衣の指にもやけどのような腫れがあることには気づいていた。多聞の言葉に於瑠衣は何度もうなずいた。

「私は文献などを調べて於瑠衣さまの症状を抑える方法も調べましょう。後日、もう一度参ります」

「わかりました」

於瑠衣のケンケンとした口調がおとなしいものに変わっていた。多聞のあくまでも冷静な物言いが、於瑠衣の心も落ち着かせたのかもしれない。

そのとき襖の向こうから声がした。

「多聞さま、青井さまから言伝《ことづて》です。長局までいらしていただくようにと」

「わかりました」

多聞が低い声で答えたので襖の向こうではさぞ驚いていることだろう。

もう一度於瑠衣を見てその肩にそっと触れる。

「ここまでよく頑張りました。あともう少し耐えてください。一緒に治しましょう」

「――はい」

於瑠衣の目から再び涙があふれる。しかしその涙は今までのような怖《おそ》れや悲しみの涙ではなかった。希望に向かうための嬉し涙だ。

「一緒に治そうと言ってくださったのは多聞さまが初めてです」

「……」

多聞はうなずいた。お久万のことをさんざん罵った於瑠衣だったが、多聞の中では病に苦しむ一人の患者だった。救いを求めるものを放ってはおけない。

「では失礼いたします」

於瑠衣に頭を下げ、襖を開ける。於瑠衣もまた手を畳の上について頭を下げていた。

呼ばれた長局の部屋に入ると、数人いた女たちがいっせいに振り向いた。

その中でもやはり青は一目で判別できる。とりわけ美しいというより、まとっている雰囲気が常人とは違う。陽光にさらされている花園の中で、彼のいる場所だけが影がさしているようだった。

多聞は女たちの横を通り過ぎると青の隣に腰を下ろした。

女たちの何人かは顔に膏薬を貼っている。

「この人たちがここ数日就寝時に怪我をした方たちです」

青が説明した。

「怪我の具合を診ていただけますか、多聞先生」

多聞は声を出さずにうなずいた。

順番に女たちの傷を診ると、前に濱中が言ったとおり、かなり細く鋭いもので傷をつけられたようだ。包丁を触れるか触れないかで素早く引くとこんな傷になるかもしれない。確かに紙で切ったというのが当たっている。

一通り傷を診ると、多聞は青に耳打ちした。女たちを自分の男の声で驚かせないためだ。青はうなずくと女たちに向かって背筋を伸ばした。

「この中で傷を負わせたものを見たことがある方はいらっしゃいますか？」

中の一人がそれにおずおずと手を挙げる。

「清江さんですね。たしか黒い髪のかたまりのようなものを見たとか」

あらかじめ濱中から話を聞いていた娘だ。この中でもかなり美しい顔をしている。

「怖いかもしれませんが、もう一度話していただけますか？」

「はい……」

清江は青い顔で答えた。

「夜、眠れなくて起きていたら……なにかがかさかさと動く音がして……」

清江はぶるっと肩をふるわせた。

「見たら同じ部屋の藍乃さんの顔の上に黒いものがいて——それがわたくしのほうに飛びかかってきたんです。思わず払いのけたらそれは畳の上に落ちて逃げていきました。そのとき手にたくさんの髪が絡んでいたんです」

「それで指を怪我されたんですね」

はい、と清江は手を差し出した。指に細かい傷がたくさんついている。

「髪の毛が凶器だとしたら、みなさんの細い傷も腑《ふ》に落ちます。それに閉め切っていた障子や襖の隙間から出入りするのも納得です」

青は女たちの顔を眺め渡した。

「みなさんはとてもお美しい。なにものかはわかりませんが、美しい人を襲うという噂がたつのもわかります。みなさんはその美貌のほかに、なにかそうしたものに襲われる心当たりはありませんか？」

そう言われても……と女たちは互いに顔を見合わせる。美しい美しいと言われて少し気持ちが緩んだようで、表情にもゆとりが出てきた。そこに青は水面に投げる石のような言葉を放り込んだ。

「お久万さんの祟り――という噂を聞いたことがある人は？」

とたんに全員の顔がこわばる。

「この中でお久万さんに恨まれる覚えのある人はいらっしゃいますか？」

青の言葉に全員が悲鳴のような声を上げだした。

「そんな――」

「恨まれる覚えなんてないわ！」

「そもそもお久万さんとは部屋も違うし！」

大騒ぎになる部屋の中で清江は黙っていた。

「清江さんはお久万さんと同じ於瑠衣さまの部屋方でしたね」

青がそう言うと清江は観念したように目を閉じた。そう言われることはわかっていたようだ。

「あなたならご存じなんじゃないですか？　お久万さんとは同じ部屋だったし」

「し――知りません」

「ここには同じ部屋方の人がいませんから、なにを話しても於瑠衣さまの耳には届きませんよ」

「知りません！」

頑《かたく》ななその態度は却《かえ》ってなにか知っているのではないかと思わせた。だが青はそれ以上追及しなかった。全員にお礼を言うと、多聞を促して退出した。


江戸城から駕籠《かご》に乗せられ、大川を渡って本所へと帰りついた。女物の着物姿のまま家へはいることはできないので、一度大川の橋の下へと降りた。そこで着物を脱ぎ、風呂敷につつんでおいた自分の着物を出した。

粗い肌ざわりの単衣《ひとえ》に着替えて、多聞はほっと息をつく。どんなに美しく着心地がよくても、やはり女性の着物を着ていることには抵抗があった。

着物と帯を丁寧に畳んで風呂敷に包む。もう一度着ることになるだろうから汚すわけにはいかなかった。

青の着物も濱中が用意したもので、さらりと振り袖を脱ぐとたちまち元の薬売りの姿に戻った。

「便利だな」

「この姿もそもそも幻術ですからね」

青はにやりとする。

自宅へ戻って部屋で向かい合う。自分たちが見聞きしたことをすりあわせようというのだ。

「多聞先生はなにかわかりましたか?」

「俺は幽霊や祟りなどはわからないが、於瑠衣さまの顔は虫毒による重篤なかぶれだ。通常なら十日ほどで治るはずだ。華岡青洲先生の薬を使っているならなおさらだろう。それが治らないのはおかしい」

道具箱を開けて於瑠衣から預かった三つの小箱を出す。そのうちのひとつを開けて青に見せた。

「今、於瑠衣さまが使っているのはこれだ。これに問題があると思う」

「問題とは?」

「触れたとき、指先が少し痛んだ。なにか入っているかもしれない」

青はそれを手に取り、自分の指で薬をとってみた。

「……ああ、なるほど。確かになにか感じますね」

「呪いや祟りで薬が変質するとは思えない。これは人の手がくわわっている。少し時間をかけて検証してみる」

青はうなずいた。

「幽霊の噂が出て十分ゆきわたったところで於瑠衣さまのお顔に害が出た。そこでお久万の祟りだと言えばみんな信じるでしょう」

「だが、他の女中たちの顔の傷がどうして出来ているのか、わからない」

多聞は首を横に振る。怪我の程度は浅くても原因が不明だ。

「なんとなく察しはついてますよ」

「なに？」

「黒い蛇のような髪の塊——思い浮かぶのは鬼髪《きはつ》ですね」

「き、はつ？」

耳なれない言葉に、多聞は繰り返す。

「唐の古書に出てきます。女の恨みが髪にとりつくんです。主人の妾《めかけ》に嫉妬した正妻の髪が、夜な夜な妾を襲うという話——」

多聞はやや背をそらせて青を見る。その顔にこわばった笑みがうかんだ。

「まるで読本《よみほん》の話だな——」

「人はこういうおどろおどろしい話が好きですからね。読本にもなっているかもしれません」

「しかし、」

ん？　と青が多聞の逡巡《しゅんじゅん》に首をかしげて先を促す。

「鬼髪というのは夫を奪われた妻の嫉妬で成った化け物だというではないか。いくら大奥の女たちが上様のものだといってても見境がなさすぎるのではないか？」

とたんに青がけたけたと笑い出した。

「な、なんだ？　なにがおかしい」

「いや、多聞先生。嫉妬というのが男女の愛憎だけだとお思いですか」

青は笑い過ぎて咳《せき》まで出ている。

「それ以外になにが……」

青は絶句している多聞を思わせぶりなまなざしで見上げる。

「……すまん、わからん」

多聞は降参した。

「まあ、先生のような素直なお方には難しいかもしれませんねえ」

青はにやにやしている。

「なんだそれは」

「褒めているんですよ」

「馬鹿にされているようにしか思えんぞ」

そのとき青がぱっと顔をあげると、くるりと前転して狐の姿になった。そのまま急いで多聞の文机《ふづくえ》の下へ潜り込む。

多聞が目をぱちくりさせていると、障子に影が差した。

「多聞、いつ戻ったのですか」

母親が廊下に立っている。玄関で声をかけたとき出てこなかったのでいないと思っていたのだが、帰ってきたらしい。

「ああ、つい先ほど戻りました」

多聞が文机の前に移動したのと多紀が障子を開けたのが同時だった。

「今誰かと話していましたか？」

多紀は立ったまま素早く部屋の中を見回した。

「いえ、今日の診療の手順を確認しておりました」

机の下から尻尾の先が覗いている。多聞は手でそれをそっと押し込んだ。

「今朝は早くから出かけていたではないですか」

「はい、至急の急病人がありまして」

少々苦しい言い訳をする。大奥へ行っていたなどとは口が裂けても言えない。

「せっかく訪ねてくださった患者の方たちを追い返すことになってしまいましたよ。

往診は控えるように言っているではありませんか」

「申し訳ありません。今日はこれから少し遅くまで診療します」

多紀は小さく鼻を鳴らすと背を向けた。足音が去っていくのを全身を耳にして追う。

やがて十分離れたと思ったところで青が恐る恐る出てきた。

「大奥の話はまた夜にしましょうか」

「そうしよう」

二人で顔を見合わせひっそり笑う。秘密があっても二人で分かち合うなら楽しかった。

四

多聞と青が再び登城したのは三日後だった。前と同じように美しい娘の姿をとっている。

濱中は、多聞にかけられた幻術のほころびを見いだせないかとまじまじと見つめていたが、やがて諦めた。

「それで、あれからなにかわかったか？」

濱中の前に多聞は於瑠衣の薬を出した。

「於瑠衣さまの病状が回復しないのはこの薬のせいだと思われます」

相変わらず美しい唇から低い男の声が流れるのは慣れない。だが、濱中は今回はその言葉の意味に驚いた。

「なんだと？」

「家に戻って自分の体で試してみました」

多聞は着物の袖をめくって腕を見せた。そこには筆で描いたように赤い腫れが一筋浮き上がっている。

「傷を治すどころか、これを毎日使っていれば悪化する一方です」

畳一枚離れていてもその赤みはよくわかる。濱中はうなった。

「そんな！　これは御殿医の清安《せいあん》どのが華岡どのから学んだものだぞ」

「薬が入った小箱は三つありました。その中でこれだけに腫れを誘発するものがはいっていました。おそらく、枯葉蛾の毛虫の毒針――それを細かくすり下ろしたものでしょう。あとから混ぜ合わせたと思われます」

多聞は淡々と言ってのける。枯葉蛾というのは竹枯葉蛾、松枯葉蛾といて、広く日本国内に分布する虫だ。成虫には毒はなく、全身を覆う短くふんわりした毛も愛らしいものだが、幼虫には腫れ、かゆみ、痛みを引き起こす毒針がある。

「混ぜた？　では誰かが意図的に於瑠衣に毒物を塗っているのか？」

「お尋ねしたとき、薬は部屋方のどなたかに塗らせているとおっしゃっていました。おそらくその方が」

「なんということだ！」

濱中は怒りに身を震わせた。

「すぐに於瑠衣にその部屋方の名を聞く」

「その後、御女中方の怪我の怪異はいかがですか？」

今度は青が尋ねた。立ち上がろうと膝を立てた濱中はそれを下ろし、青に向き合う。

「ああ。おぬしたちが来た日は怪異はなかった。だが昨日今日とやはり女たちが襲われている」

「さようでございますか……。多聞先生がいらしたことで少しは落ち着くと思ったんですが、あてがはずれましたね」

放り投げるような青の口調に濱中は眉を寄せた。

「なんだ、おぬし。もしかしてその怪異の正体がすでにわかっているのか？」

「見当だけはつけてます。ちなみに於瑠衣さまの薬に毒をしこんでいた人の方も」

濱中は目を瞠《みは》り、青はにやりと笑う。

「今回は一気にケリをつけにきました。於瑠衣さまのお部屋に参りましょう」

濱中とともに多聞と青が於瑠衣の部屋へいくと、今度はすんなりとあげてくれた。襖の奥にいた於瑠衣は布団の上にきちんと正座し、多聞に頭を下げた。

「多聞先生、お待ちしておりました」

於瑠衣の声は明るく弾んでいる。

「先生にいただいたお薬を塗っておりましたら、赤みが引いたようなんです。指先のかぶれなどはもうすっかりよくなりました」

於瑠衣は両手を広げてみせる。確かに以前あった腫れはもう治まっていた。

「それはよかったです」

多聞はそう言うと於瑠衣の顔の布をとり、診察した。確かに膿も止まり、かぶれ自体が小さくなっている。

「多聞先生。お薬がもう少なくなってきています。次のをいただけますか？」

於瑠衣が甘える口調で言った。多聞は於瑠衣の手を取った。

「もう大丈夫です。今の薬がなくなったら御殿医さまのお薬でも結構ですよ」

「で、でも、先生のお薬がとてもよく効きました。先生のお薬でないといやです」

「確かにあの薬は治りが早いものです。でも実はもう私の手元にもないのですよ」

「そ、そんな」

「大丈夫、あとはどんな薬でも治ります」

「い、いやです！」

於瑠衣は大声を出した。

「先生の薬じゃないとだめ！　効き目の遅い薬なんて、そんなものいらない！　代金ならいくらでも払います、薬を……っ、薬をください！」

「於瑠衣さま……」

多聞は困った。実際青が作った薬はもうないのだ。次に彼が妖怪を退治して作り出すまでは手に入らない。

「多聞先生、正直にお話しなさい」

襖の向こうから青の声がした。

「なぜ普通の薬でよいのか。なぜ今までその薬で治らなかったのか」

襖が開いた。外廊下から入る日の光に於瑠衣は悲鳴を上げてたもとで顔を隠す。

「閉めて！　閉めなさい！」

「於瑠衣さま、知りたくないですか？　なぜ今までお顔が治らなかったのか。それがいったい誰のせいか」

「え……」

袖の上からほんの少し目を出して、於瑠衣は青を見つめた。その目が驚きに見開かれる。

「おまえ……なんて美しいの」

「お褒めにあずかり恐悦至極」

青はすまして言う。

「──なぜ、薬が効かなかったの……」

目をそらした於瑠衣は硬い口調で言った。

「それはね、於瑠衣さま。あなたが使っていた薬に毒が入っていたからですよ」

「な、なんですって……!」

於瑠衣は多聞を見上げた。多聞は女の顔でうなずく。

「誰かが薬に毒をいれていたのです。あなたの顔のかぶれを治さないように。いや、ますますひどくなるように」

「……」

於瑠衣は腕を下ろした。たもとで隠されていた顔が日差しの中に露《あら》わになる。その面相に、部屋にいた女中たちが息をのんだ。

「だれなの」

於瑠衣は低くしわがれた声で言った。

「だれがそんなこと」

「薬に毒を混ぜ、あなたの顔に塗っていたもの。恨みと呪いを混ぜ込んで、自分の指も赤く腫らして」

青が歌うように言うと、部屋方の目が一斉に一方に向いた。もちろん於瑠衣の視線も。

その先にいたのはお廉だった。

「おまえが？」

震える声で於瑠衣が言う。お廉は黙ったまま膝の上でぎゅっと拳を握った。

「俺は薬売りです」

青はお廉の前に立って言った。

「その指のかぶれが櫨の木によるものなのか毛虫によるものなのかの区別はつく」

女の姿のままだったが、青はもう取り繕うことを止めたようだった。

「先日お久万さんの話を聞いたときに大きな蛾のことも話してくれましたね」

青がそう言ったとき、お廉はちらっと目をあげた。

「於瑠衣さまの顔を治さないためには毒が必要だ。毒を作るためには枯葉蛾の幼虫が必要。あなたは自分の部屋で枯葉蛾を育てていたのでしょう。成虫はなにも食べませんからね、餌の心配はない……。おまけにあなたは成虫を使って虫嫌いの美里さんを驚かせ、恐怖心の中にお久万さんの幽霊を見せた。お見事でした」

「お廉、おまえは……」

於瑠衣が布団の上にふらふらと起きあがる。病んでからは手水に行くくらいしか動いていなかった体は硬くこわばり動きが鈍い。がたん、と掴んだ襖が大きく鳴った。

「お久万さんの幽霊を最初に見たというのもあなたです。噂はあなたが進んで流した。噂を完全なものにするために同室のお千佳さんや御三之間の明代さん、御末のおもんさんも脅したのではないですか？　手だけを見せたり白い布をかぶったりするのは簡単ですからね」

横に座っていたお千佳が驚いたように同輩の顔を見る。

「わたしを脅かしたのもあなたなの!?」

お廉はお千佳に目線を向けたが、それはひどく乾いたそっけないものだった。

「あなたが最初にお久万さんの幽霊を見た日は雪が降っていた。あらかじめ雪を廊下に撒《ま》いておけば、悲鳴をあげたときにはもう水になっている。足跡もあなたが拳を水につけて作っておいたのでしょう。だから足跡は廊下にしかなかった」

立て続けにお廉のしたことを暴いた後、青は一度声を切って首をかしげた。

「なぜです？　なぜ於瑠衣さまの顔をかぶれさせ、それをお久万さんの祟りのせいにしたのですか」

「なぜだ！」

於瑠衣が叫んだ。片手を頬にやり、指先でひっかく。

「なぜわたくしをこんな顔にした！　なぜこんなに醜くした！　おまえは鬼か、魔物か！」

「鬼ですって？」

初めてお廉が口をきいた。その口調は憎しみに満ちていた。

「鬼はあなたさまでございましょう！　あなたがお久万さんにしたこと、あれはまさしく鬼畜生の仕業、人一人の命を奪っておいて、どの口がほざく！」

「な、なんだと……」

烈《はげ》しい勢いのお廉の言葉に、於瑠衣は少しだけたじろいだ。

「お久万さんは私の大事なお友達、なのにあなたはそのお久万さんにひどいことをしたじゃないですか、お久万さんが美しくないというだけで！　あの人の心はどんな花より美しく優しかったのに！」

お廉は目に涙を浮かべた。

「毎日毎日顔を見ればひどい言葉で罵り、突き飛ばしたりものを投げたり。あなたがそんなことをするから同調した部屋方のものまでお久万さんを虐《いじ》めたんだわ。庭で遊戯をすると言ってお久万さんに目隠しをしてみんなで棒でつついたり、池に落としたりしましたよね！」

「……於瑠衣どの、真か」

今まで黙っていた濱中が氷のような声を出す。於瑠衣はしかし、そんな濱中に目もくれずお廉に駆け寄ると着物を摑んで引き上げた。

「お久万がなんだっていうの！　だからわたくしの顔をこんな風に!?　お久万など、この大奥に、わたくしにふさわしくない。そんなものを追い出そうとしてなにが悪い！」

「開き直りましたね」

お廉は自分の襟元を摑んでいる於瑠衣の手を摑んだ。

「その顔はあなたの心と同じ。醜い心に合うように変えてさしあげたのです。その顔に絶望して死んでしまえばよかったのに！」

「なんですって！」

真っ赤に腫れあがった顔を於瑠衣はお廉に突きつけた。

「わたくしがどれほど苦しんだと……っ！　なぜわたくしだけがこんな苦しみを……ほかの女たちは美しいままで……夜毎布団の中でわたくしは眠れぬ夜を過ごしたというのに……っ」

はっと多聞は於瑠衣の髪を見た。畳にまで届く長い髪が震えている。それは怒りに燃える於瑠衣の体の震えとは別の動きだった。

「於瑠衣さま……！」

腰を浮かせた多聞の前に素早く美しい小袖が差し出された。青だ。多聞を制して振り向いた彼は「まだだ」と小声で言った。

「憎い……美しい顔をさらして笑っている女たちが憎い……みんな、わたくしと同じようになればいい……」

ざわざわと髪が蠢く。部屋の女たちもそれに気づいた。怯えて立ち上がり、逃げ出そうとする。

「――お久万さんの祟りはお廉さんが引き起こした怪異、いや、故意だ。しかし大奥の女たちが夜中に顔を傷つけられるのは本当の怪異……お廉さん、あなたは不思議だったでしょう、自分以外にお久万さんの呪いを演出するものがいて」

青は睨み合っている二人の女に言った。

「後者を引き起こしていたのは誰だと思いますか」

ようやくお廉は周囲の様子に気づいたようだった。怯えた女たち、そして生き物のように蠢く於瑠衣の髪――。

「まさか」

お廉はかすれた声で言った。しかし、於瑠衣は気づいていないようだった。

きゃあっと悲鳴があがった。於瑠衣の髪が生き物のように動いて部屋方の女たちに絡みついたのだ。

「たすけて！」

「ひいいっ！」

部屋から逃げようとするが髪は廊下への障子を塞ぎ、かえって飛びかかってくる。

「たっ、多聞！　薬売り！　これは……っ」

濱中が自分に伸びてくる髪を手で払いのけながら叫んだ。

「どうにかせよ！　なんとかせぬか！」

「綾《あや》を解き、魂を狩る……」

青は顔を上に向け、紅で彩られた唇を大きく開いた。その赤い輪の中から銀色の鞘に包まれた小刀がせりあがる。それを摑むと多聞に放り投げた。

「己の不幸を恨み、ほかの女の美しさに嫉妬した御中﨟、その思いが妖魔を呼び、取り込んだ」

多聞は小刀の鞘を払い、氷の刃を日差しの中にさらした。

いまや於瑠衣の髪は部屋中に広がり、女たちを絡めていた。自分にも向かってくる髪を、青は鋭い爪で切り裂いた。

「妖怪、鬼髪！　今その執心を断つ！」

青は於瑠衣に飛びかかり、その体を押さえこむ。

「多聞先生、髪を斬れ！」

「おおっ！」

多聞に絡んでくる髪は小刀が触れるだけで焼ききれるように切れた。切り口は細い蛇のように口を開き、「キイイッ」と鳴く。

髪は於瑠衣の体を押さえている青に襲いかかり、鋭い刃のようにその顔を、着物を切り裂いた。

（憎イ　憎イ　ナンテ美シイ貌《カオ》　許サナイ……）

髪の目に見えないほど小さな口がいっせいに叫び、ぐるぐると青に巻き付き締め上げだした。

「青！」

多聞は於瑠衣の体に駆け寄ると、その髪を首元で断ち切った。髪と、於瑠衣は、鋭い悲鳴をあげ、体をのけぞらせた。

ばらばらと青に巻き付いていた髪がほどける。畳の上に落ちた髪はしばらくは身を震わせのたくっていたが、やがて縮みだし、普通の髪へと戻った。多聞は刀の先でそれをつつき、もう動かないことを確認して、小刀を鞘へと戻した。

「あ、於瑠衣さま」

へたへたと畳に崩れ落ちようとする於瑠衣を多聞が支える。仰向《あおむ》いた顔は血の気がなく、意識を失っているようだった。

「――気がすみましたか、お廉さん」

青は同じように畳の上にへたりこんでいるお廉に声をかけた。青の言葉の意味が一拍ほど遅れて耳に入ったのか、お廉はようやく顔をあげた。

「これは……夢なの？　私は悪夢を見ていたの？」

「いいえ、事実ですよ。あなたがしたことは復讐《ふくしゅう》だけでなく、本当の鬼を生んでしまったんだ」

「本当の……鬼」

お廉は多聞に抱きかかえられている於瑠衣を見やった。

「……いい気味だわ。この人の正体を暴いてやった」

お廉の顔が醜く歪む。

「お廉さん」

たまらない気持ちになって多聞はお廉に呼びかけた。腕の中の於瑠衣は病み疲れて細く頼りない。確かに非道なことはしただろう、しかし豪華な着物をはぎ取ればまだ年若い考えの足りない娘に過ぎない。

「お廉さん、人は誰でも心の中に鬼を棲《す》まわせているんです」

多聞の言葉にお廉はうつろな目を向けた。

「薬に毒を仕込んでいたあなたの顔も、見るものが見れば鬼に見えたでしょう。そんなあなたを心優しいお久万さんが見たかったでしょうか。あなたのお久万さんを思う気持ちはわかる。けれど人は心の鬼を外へ出さないから人でいられるんです」

お廉の大きく見開かれた目に光が射《さ》す。それはすぐに雫《しずく》となって頬を伝った。

「私は……私はお久万さんの仇《かたき》を討ちたかっただけ……ッ」

お廉はわっと泣き伏す。多聞は右手に於瑠衣を抱いたまま、左手でお廉の背をそっと撫でた。こちらの背中もはかない薄さだった。

青は感情のわからない薄い色の瞳で二人の女を見ていたが、すぐに振り向いて濱中に声をかけた。

「濱中さま、御女中たちを部屋から出してください。於瑠衣さまも一緒に。この部屋は俺たちで片づけます」

於瑠衣の髪がまだ散らばっている。濱中は腰を抜かしていたが、中年寄の矜持《きょうじ》でなんとか立ち上がった。

「みな、出るのじゃ」

女たちは恐怖で泣きながら部屋を出た。気絶している於瑠衣は多聞が布団でくるんで抱きあげ、廊下に出した。

「於瑠衣さまにとり憑いていた妖怪はもう退治しました。このままどこか静かな部屋で休ませてあげてください」

多聞がそう言うと、部屋方のものたちはびくつきながらも於瑠衣の体を布団ごとひきずっていった。

濱中は部屋の中で泣いているお廉に厳しい声を出した。

「お廉、おまえのしたことは重罪じゃ。――だが、友を思う気持ちにはこの濱中、感じ入った。その点も考慮してのちほど処罰を伝える」

女たちが部屋から出たあと、青は畳の上に川のように流れている髪を拾い上げた。青が小さくなにか唱えると、手の中でそれは青白く輝き、やがて光が集まり小さな丸い玉が浮かび上がった。

青は仰のいて口をあけ、それを飲み込む。青の白い喉に光がほのかな輝きを映しながら降りていくのを多聞は見ていた。

青はこうやって妖怪を退治し、その魂を集める。その中に千年前の思い人の魂のかけらが溶け込んでいるのだ。

魂を集め、それを浄化し、思い人を輪廻《りんね》の輪に乗せる。そしていつか生まれ変わった恋人と会うのだと、会えるのだと、千年の希望と祈りを絶やさないのだ。

青が光を飲み込むと、体についた傷はたちまち消え、もとの通りの美貌に戻った。

そのあと青は髪を懐紙でくるむと懐にしまい込んだ。

「それも薬になるのか？」

「なりますよ。どんなものになるかはわかりませんが……毛はえ薬だといいですね」

青が冗談のように言う。恐ろしいものを見たあとだったが、その言葉に多聞は笑うことができた。

終

「期待してなかったんですが、本当に毛はえ薬になりました」

青はそう言って多聞の前に小さな壺《つぼ》を出した。

「多聞先生には必要ないかと思いますが、これには大金を払ってもいいという客が現れるでしょうね」

庭では蟬《せみ》が休みなく鳴いている。座っているだけで汗がにじみ出る陽気だった。多聞は白い麻の単衣の袖をまくりあげ、沓脱石《くつぬぎいし》に置いたたらいの水に足をつけている。

青もいつもの白い羽織を脱ぎ、青い燕模様の単衣だけだった。

「それでどうです？　俺が薬作りでこもっている間、大奥の方からなにか連絡はありましたか」

青は多聞の隣に腰をおろすと、素足を強引に小さなたらいにねじこんだ。

「こら、満員御礼だぞ」

「いいじゃないですか。自分だけ涼んで、ずるいですよ」

日焼けしている多聞の足に比べ、青の足は白い。昼間は人の姿で行商をしているのだから焼けてもいいはずなのに、やはりこの姿が幻術だからだろうかと多聞は青の足を見る。

「あれから二日後に濱中さまからお使いが来て、最初にお会いした茶屋に行ったよ」

多聞はぱちゃぱちゃと水を散らした。

「於瑠衣さまは病が癒えないということでお里に戻られたそうだ。髪も短くなってしまったし、お久万さんのこともあって、そのまま城内にいることはできなくなったそうだ」

「でしょうね」

意識を取り戻したあとも於瑠衣は自分の行いを省みたりはしないだろう。於瑠衣にとって美しくない人間はさげすみの対象でしかない。自分がそうなったあとも、我が身の不幸を呪うだけだ。

　いつか顔のかぶれも腫れも引く。それまでもしかしたら何度でも鬼髪はよみがえるかもしれない。

「お廉さんも大奥を出された……けれどお咎《とが》めは特になかったそうだ。十分な給金も渡したと濱中さまはおっしゃっていた」

「へえ」

　青は特別驚いた顔はしなかった。

「まあ、大奥のあれやこれやを言いふらされてはたまりませんからね。給金は口止め料でもあるんでしょう」

「お廉さんの行李《こうり》から蛾が生きたまま出てきて大騒ぎになったそうだ」

　その情景を思い浮かべて多聞がくすりと笑う。

「お廉さんの実家の裏に竹林があって、そこでよく竹枯葉蛾を捕まえていたそうだ。幼虫は危険だが成虫には害はないからな」

「竹枯葉蛾、俺はけっこう好きですよ。もこもこしてかわいい顔をしている。美里さんは見たことのない大きな蛾と言ったけど、怖かったからそう見えたんでしょうね。実際は手の平くらいの大きさしかないのに」

「まあそれでもおなごにしてみれば大きくて恐ろしいものなのだろう」

青はにっこり笑い、その顔のまま多聞を見やった。

「お久万さんいじめに関しては取りざたしないことになったんでしょうね」

青が言うと、多聞は急にしょっぱいものでも食べたような顔になった。

「うむ……。大奥内でのそうした確執は完全には無くせないらしいが、これからは注意を払うとおっしゃっていたよ」

「だといいですがね……弱いものをいじめるのは人間の性《さが》のようなものですから」

青はたらいの中で足を動かし、親指とひとさし指で多聞のくるぶしを挟もうとした。

「それも心に棲む鬼のせいだ」

多聞はざばりと足をあげる。そのまま裸足《はだし》で地面の上に立った。

「おお、地面のほうがひんやりしているぞ」

「多聞先生の心にはいないと思いますけど」

青ははしゃいでいる多聞に小さな声で言うと、足で水を蹴り上げた。滴が多聞の体にかかる。

「こら、よせ」

「多聞先生、虹が出てますよ」

青はばしゃばしゃと水しぶきをあげる。夏の日差しが水滴を輝かせ、小さな虹が現れた。

青の足の爪が七色に染まる。一瞬のその光を、ずいぶんあとになっても多聞は思い出すのだ。

第二話

若先生が絵を殺した話

わかせんせいがえをころしたはなし

青は江戸にくるたび顔を出している茶問屋今川屋にいた。

この店には、先代の藤右衛門《とうえもん》の時から通っている。

先代は数寄者《すきしゃ》で、諸国の奇妙な謂《いわ》れのあるものなどを好み、集めていた。そんな彼にとっては、年をとらず美貌も衰えない薬売りも珍品のひとつだったのかもしれない。

藤右衛門が亡くなってからは息子の清右衛門《せいえもん》が跡を継いだ。清右衛門はおっとりした穏やかな人物で、子供の頃から薬売りの青を知っている。青の外見がまったく変わらなくても、そういうものだと受け入れてくれていた。

父親の道楽もよく知っていたし、世の中にはきっと不思議なことも多いとわかっていたのかもしれない。

清右衛門は昔からよくのどを腫らす子供だった。首にみかんがふたつくっついたかと思われるほど腫れ上がるのだが、青が持ってくる飴《あめ》が苦い薬よりよほどよく効いた。だから青が家に訪ねてくるのを心待ちにし、不思議なみやげ話なども楽しんでいた。

その清右衛門から、青は面白いものをもらった。清右衛門は先代のように奇妙なものを集める癖はなかったが、それでも先代のつてで不思議なものが持ち込まれることがある。

持て余すものも多く、大抵は寺などに預けてしまう。それもそのひとつで、持っていても仕方がないものを、謂れを聞いて面白がった青に譲ってくれたのだ。

青はほくほくしながらそれを薬箱に入れた。

(多聞先生にいいみやげができた)

見せたらどんな顔をするだろう。

しかし、それがすぐに失われてしまうとは、さすがの青も予想してはいなかった。

青がやってきたとき、武居多聞は縁側にいて、同心で幼馴染《おさななじみ》の板橋厚仁と一緒に茶を飲んでいた。

昼前に患者がやたらと来てしまい、昼飯が遅くなった。

水につけて冷やしておいた豆腐を白飯の上にのせ、かつおぶしと青菜をのせてかきまぜて食べる。時間がないときの食べ方だが、これで何杯でも食える。

食後の茶を飲んでいたら厚仁が水まんじゅうを持って顔を出したので、そのままおやつとなった。

患者が来たら呼ぶように言ってあるが、この暑い日差しの中をわざわざバテにくるものもいないようで、夏の間たいてい午後は暇にしている。

「こんにちは、多聞先生、板橋さま」

青は菅笠《すげがさ》を取って挨拶した。

「よう、化け狐」

厚仁は相変わらず憎まれ口をきく。母親の病に効く薬を青にもらってから態度は軟化したが、こうした言いようは直さない。

「今日は朝からどこへ行っていたのだ？」

今朝は目を覚ますともう青がいなかったので、多聞は尋ねた。

「久しぶりに江戸に戻ってきたので、あちこちお得意さまにご挨拶を。暑いですからね、今日はもう店じまいです」

多聞に手招きされたので、青は彼の隣に腰を下ろし、背中の薬箱を置いた。

多聞は青に水で冷やしておいた茶と、厚仁がくれた水まんじゅうを渡した。

「厚仁が買ってきてくれたのだ」

「別におめェに買ってきたわけじゃねえぞ」

すぐに厚仁が口を出す。だが三個買ってきたのだから青の分だろう。

青は水まんじゅうをつるりと口にいれた。

「ああ、おいしいですねえ」

「だろ？　ここのはあんこが違うんだ」

厚仁は嬉しそうだ。多聞が顔を見ると、えへんと変な咳をしてそっぽを向く。

「そうそう、今日は俺もおみやげがあるんです」

青は茶をあおると茶碗を置いて薬箱に手をかけた。中から取り出したのは風呂敷に包まれた細長いものだ。

「なんだ？」

「貰《もら》いものの掛け軸なんですがね、面白い謂れがあるんですよ」

風呂敷を外すと中から桐箱《きりばこ》が出てくる。青はふたをとり、掛け軸を出した。巻かれた紙をするすると下に落とす。

「ん？」

二人の前に現れたのは、なにもない空間にそよぐ竹が二本描かれた図だ。

「なんだこれ」

多聞と厚仁はまじまじとその絵を見た。

竹が描いてあるほかはなにもない。しかもその竹の左下がずいぶん空いている。

「なんだ、つまんねえ絵だな」

厚仁が文句をつけた。

「なんていうか素人目にも間抜けな絵だってわかるぜ」

「竹は上手だと思うが……」

多聞も厚仁と同じく面白味のない絵だと思った。

「このあたりがずいぶんと寂しいと思いませんか」

青は絵の左下のなにもない箇所を指さした。

「そうだな、もしかして未完成なのか？」

多聞は思いついて言った。これからその部分になにかが描かれるのなら収まりはいいかもしれない。だが、落款《らっかん》も入っているのにそんなことはあるだろうか？

「実はこの空白こそがこの絵の真骨頂でしてね」

青はにやにやといたずらを企《たくら》む子供のような顔で笑った。

「実はこれは……明の有名な画家が描いたものなんですよ」

その言葉に厚仁が眉をひそめる。

「なんだ？　左手で描いたのかよ」

「まあ聞いてくださいよ。実はみなさんが間が抜けているとおっしゃるこの絵のここ――青はそう言って絵の左下を指差した――には以前、雀《すずめ》が二羽描かれていたんです」

「雀が？」

「ええ、そりゃあ見事な雀でね。まるで生きているようだったと聞いています」

多聞と厚仁は顔を見合わせ、また絵を見た。

「雀なんてどこにもいねえじゃねえか」

「はい、それがこの話の肝でしてね。画家はこの掛け軸を売るときに、決して外に向かって開いている部屋には飾らないように、と注文をつけました。

客はわけがわからなかったけれど、いいつけを守ってこの絵を飾るときには決して部屋の障子を開けませんでした。

でもその客が亡くなったとき、ある親戚がこの絵を貰って自宅の座敷に飾ったんですが……話が伝わっていなかったのか、晴れた日に障子を開けてしまったんですよ」

「そ、それでどうなったんだ」

威勢のわりには怖がりな厚仁がごくりと唾を呑む。青はにっこり笑って話を続けた。

「そのとき、庭にはたくさんの雀が来ていてちゅんちゅん遊んでいたらしいんですよ。その声に絵の中の雀がぶるっと身震いしたかと思うとぱっと掛け軸の中から飛んで出て、庭の雀にまざってしまった。持ち主はあわてて捕まえようとしたんですが、立ちあがった途端に雀たちは空の彼方《かなた》へ……」

青はさあっと右手で上空に向かって弧を描いて見せた。つられて二人は上を見上げたが雀の姿が見えるわけもない。

――青い空に入道雲がモクモク湧いているだけだ。

「そのとき以来、この絵はこのまま空っぽというわけなんですよ。面白いでしょう?」

「おいおいおい、化け狐! 狐がだまされてどうするよ。狐は化かすもんだろ?」

厚仁がいきなりゲラゲラ笑いだした。

「そんなわけねえだろ、かつがれたんだよ!」

怖い話じゃなくてよかったと思ったのか、厚仁は勢いづいて言った。

「それはまあ聞いた話なんですけど、この落款は本物ですよ、それにこの筆《て》は本当にその画家のものです。いい絵を描く画家です」

「狐に絵のよしあしはわかんねえだろ」

さすがに青はむっとした顔をする。

「失礼ですね、俺だって美しいものやいいものはわかりますよ」

「へええ、そりゃあおみそれしました」

馬鹿にする厚仁の口調に青は唇をとがらす。

「多聞先生、先生も俺の話を嘘《うそ》と思いますか? この絵は本物なんです。だからそういう不思議が起こってもおかしくない」

「そうだなあ……」

多聞は青の手から掛け軸を渡され、絵を眺めた。

「この残された竹の絵は確かに上手だと思うよ。奥から風が吹いてきそうな感じもする。俺は青の言うことを信じるよ」

多聞の言葉に青はほうらみろ、という顔で厚仁を見返す。厚仁は「いーっ」と歯をむき出した。

「それでおまえはこの絵をどうするつもりだったんだ？」

多聞は絵を見ながら尋ねた。

「そうですね、譲ってくれた人は俺の好きにしていいとおっしゃったので、やはりこういうものがお好きな方にお譲りしようかなと思っています」

「だまされるものがまた増えるわけだ」

あくまで信じない厚仁だったが、青は無視する。

「それじゃあこれは俺に譲ってもらえないか？」

「先生に？」

多聞は顔を上げると青に笑みを向けた。

「うむ、俺は自分の部屋に飾るのに、よい掛け軸がないかと常々探していたのだ。そんな名人の絵ならありがたい。この絵は竹だけでもよい風情を感じられるし、それほどの名人の絵ならば、眺めていれば何か得るものがあるかもしれん」

それを聞いて厚仁はぽんと手を打った。

「ああ、そうだな。そんな間抜けな絵でも飾って拝んでいればご利益があるかもしれねえよ」

「ご利益？」

きょとんとする青に厚仁はにやにや顔を向けた。

「化け狐、この若先生にはな、実はたったひとつ弱点があるんだ」

「弱点、ですか？」

楽し気に話しだそうとする厚仁に多聞は慌てた。

「こら、厚仁」

「そう。こいつな——絵がめちゃくちゃ下手なんだ！」

その言葉に青が珍しいものを見るような目で多聞を見る。

「め、めちゃくちゃとはなんだ」

多聞はうろたえる。

「めちゃくちゃだろ。花を描けばゴミになるし、犬を描けばつぶれた饅頭《まんじゅう》になるし、前に多紀どのを描いたときは半日追い出されていたよな」

「子供の頃の話だ」

顔を赤らめ、多聞は大きな体を小さく縮めた。

「へえ……そりゃあかえって見てみたいですね」

「とにかくそのくらいド下手なんだ。そうだ、絵が上達する薬ってねえのか」

「厚仁！」

とうとう多聞が立ち上がった。厚仁がげらげら笑いながら逃げ出す。

「いいですよ、多聞先生。持っていてください」

青は気前よく言うとくるくると掛け軸を丸めて箱に収めた。

「うむ、大事にさせてもらう」

多聞は上機嫌で桐箱を抱きかかえた。


数日後、青が多聞の家を訪ねるとやはりまた厚仁が縁側に座っていた。

「おお、化け狐。しばらく姿を見せなかったじゃねえか」

「ちょっと武蔵国《むさしのくに》の方へ行ってましてね。向こうにお得意さまがいらっしゃるので」

青は背中から薬箱を下ろした。人間なら着物が汗でびっしょりになっているだろうに、青の麻の着物の背はさっぱりと乾いている。

「狐のお得意さまてなあ、化け狸《だぬき》か？」

「板橋さまはヒマなんですか？　ここの縁側は茶屋ではありませんよ」

互いに憎まれ口を叩きながらも楽しそうだ。

「お帰り、青」

厚仁は和菓子屋でくず饅頭を、青はせんべい屋でせんべいを買ってきたので、多聞は二人にお茶をいれた。

「なんだか元気がありませんね、多聞先生」

三人でしゃべっていたのだが、なぜか多聞の口数が少ない。笑顔も弱々しい。青は薄い色の目で多聞の顔を見上げて言った。厚仁は気づいていなかったのか、あわてて多聞に向き直った。

「なにかあったのか？　多聞。あ、また多紀どのに叱られたのかよ」

「いや、そんなわけではないが」

「面倒な患者が来たとか？」

「いや、そうでもない」

心配そうな二人の顔に多聞は苦渋に満ちた表情をした。

「それが……」

「うん？」

二人は待ったが多聞はなかなか口を開かない。せんべいをかじり、饅頭を飲み込み、茶をすすった。

やがて決意したのか多聞は立ち上がった。そして部屋から桐箱を持ってくる。

「それ、こないだの掛け軸ですか？」

「うむ、そうなんだが……」

多聞はため息を一つついて箱を開け、掛け軸を広げて見せた。

青と厚仁はそれを覗き込み、あっと声をあげた。掛け軸の絵が火であぶられたように真っ黒になっていたのだ。

「これは――いったい……」

驚く二人の視線を受けて、多聞は目を固く閉じた。

「なんでこんなことに」

「誰がやったんだよ！」

「実は、」

と、重い口を開いて多聞が語り始めた。


多聞は掛け軸を自室に飾った。多聞の部屋は以前父親が使っていたもので、小さいながら床の間も設《しつら》えてある。そこに掛け軸をかけ、ふむふむと眺めてみる。

「なかなかよいではないか」

鑑賞していると母親が覗いて微妙な顔をした。

「なんですか？　この絵は。……ずいぶん……涼し気ですこと」

おそらくぽっかり空いた左下の空白のことを言っているのだろう。

「明の高名な画家のものだということです。いただきものです」

多聞は謂れは伝えなかった。言ってしまえば逆に捨てられるかもしれない。

「明の」

母は首をかしげたが、まあただならよいかという顔をして、黙って離れた。もともと絵にも書にも興味のない人なのでうるさくはない。

多聞はほっとしてまた絵を眺めた。

やはりどうしても左下の空白が気になってしまう。

あそこには本当は雀がいたのだ。雀がいればもっといい絵になるのになあ、雀がいなくなって竹も寂しそうではないか。雀が二羽か、どんな絵だったのだろう……。

そういう思いが絵を見るたびに募っていった。

だったら――、
多聞は思いついてしまった。

――自分で描けばいいのではないか？

そしてついに描いてみようと筆をとったのだという。

「……筆、を」

「とっちまったのか……」

青と厚仁は沈痛な面持ちで呟いた。

多聞はまず高級な絵筆を買った。絵具も買い、下絵用の紙も手に入れた。庭に粟《あわ》や稗《ひえ》を撒いて雀を呼び寄せた。そして患者が来たと源治郎が呼びにくるまで毎朝庭に来た雀を絵に写した。夜には朝描いた絵を別の紙に描き写す。

一度多聞の下絵を母が見たことがあった。

「……これはなんですか？　多聞」

「雀です」

「スズメとは、あの、鳥の雀のことですか」

「そうですよ」

「……鳥にはくちばしや翼があるのではないのですか」

「描いてありますよ」

どこに、と聞かなかったのは多紀の温情かもしれない。母は小さくため息をつき、黙って部屋を出て行った。

そんなこともあったが、多聞は絵の練習をやめなかった。納得いくまで下書きをし、描く雀の形を決め、さて、と掛け軸に描き始めた。

できあがったものは多聞の目から見れば素晴らしいものだった。


「……描いてしまったんですね」

「うへえ」

青は目を伏せ、厚仁は天を仰いだ。


多聞は満足してその絵を今度は座敷に飾った。母親はなにも言わなかった。悲し気な顔をしたと思ったのは気のせいだったかもしれない。

ところがその夜、異変は起こった。

寝ていた多聞の鼻にきな臭い匂いが漂ってきたのだ。なにかが焦げているような、くすぶっているような匂い。多聞は慌てて飛び起きた。

「火事か!?」

焦げ臭い匂いは絵を飾っていた座敷からする。多聞は座敷に飛び込んで、ありえない光景を目にした。

「なんと、壁にかけてあった掛け軸から……ぶすぶすと黒い煙が昇っていたのだ」

多聞は真っ黒になった絵を見ながら悲し気に言った。

「部屋に火の気はなく、どこかから飛び火したとも考えられない。いったいどういうわけなのかわからない」

話を聞いた厚仁と青は顔を見合わせた。

「あーそりゃあ……」

「ねえ?」

「なんだ、どういうことだ。おまえたちはなにか知っているのか?」

したり顔でうなずきあう厚仁と青に、多聞はくってかかった。

「それはあれだ。掛け軸が自害したんだな」

厚仁は指を立てると多聞の顔に突き付けた。

「じ、自害?」

多聞はぎょっとして厚仁を見た。

「そうですね。世をはかなんで」

青も目を伏せ、やるせない口調で続ける。

「な、なんで絵が世をはかなんで」

厚仁はにやにやしながら、

「だってその絵は雀が飛び立つほどの絵描きが描いたもんだぜ。残された竹にだって、選ばれた紙にだって、拵《こしら》えられた表装にだって、相応の誇りはあるだろうが。それをなあ、……だいなしにされて」

さすがに最後の方は声を小さくした。多聞が口をぽかりと開けて、世にも情けない顔をしたからだ。

「そ、そんな……俺の筆は絵を殺してしまうほど不出来だというのか」

落ち込む多聞を青が慰める。

「まあまあ多聞先生。この絵もだいぶ古いものですし、そんなふうな伝説が重なって絵が意志を持ってしまったのだとしたら、これもあやかしの一種ですよ」

「あやかし……」

「多聞先生がお一人でこのあやかしを退治したのだと思えばいいじゃないですか」

そう言われて多聞は顔をあげ、青と絵を見比べる。

「しかし……高名な画家の絵をこんなふうにしてしまうのは……」

塩を振られた青菜のようにうなだれる多聞の背を、厚仁はぱんぱんと叩いた。

「いや、さすがは多聞。筆一本であやかしを絶望させてしまうなんて、逆にすげえよ」

「……うう」

褒められたのかけなされたのか、いやこれは絶対に面白がっている。多聞は顔もあげられない。

「板橋さま」

青に柔らかく睨まれ厚仁は肩をすくめた。

「多聞先生、この掛け軸は俺が預かってお寺にでも納めてきましょう」

青は掛け軸を多聞の手からとるとくるくると丸めた。絵は元の通り箱にしまわれ、青はそれを薬箱の中に納めた。

厚仁はまた多聞の背中を軽く叩いた。

「まあまあ、これに懲りて二度と絵筆は握るなよ。あやかしより怖いものが出てきそうだからな」

「厚仁〜〜っ！」

多聞は顔を赤くして友人につかみかかった。

厚仁はげらげら笑っている。青も珍しく朗らかな笑い声をあげた。

その楽し気な声に庭の雀たちが驚いて飛び立っていってしまった。

第三話　子とろ鬼

ことろおに

序

武居多聞の住む本所松倉町にほど近い法恩寺《ほうおんじ》裏の雑木林で、女の死体が見つかった。

知らせてきたのは幼なじみで今は同心をしている板橋厚仁の小者の青年だ。

多聞はちょうど夕食をとろうとしていたところだったが、漬物ひとつだけ口に放り込んで箸を置くと、小者と一緒に現場に駆けつけた。

「厚仁」

そこには幼なじみの他にもう一人の小者がいる。

「多聞、来てくれたか」

薦《こも》をかけた遺体のそばにしゃがんでいた厚仁が立ち上がった。

「ついさっき見つかった。ちょいと見てくんねえ」

「わかった」

多聞は遺体に手を合わせると薦をめくった。

「えっ」

顔を見て驚いた。知っている女だったからだ。

「おまきさんじゃないか」

「お、知り合いか？」

厚仁の声が弾む。遺体の身元を調べるのは案外骨が折れるからだ。

「二、三度子供を診たことがある。家は確か――石原町だったか」

「そうか、近いな。通りすがりにやられたか」

「提灯《ちょうちん》の明かりをくれ」

多聞の声に厚仁と一緒にいた年配の小者が提灯を寄せてくれた。

「……顎は固まっているが腕や指はまだ動く。死んでからそんなに時間は経っていないようだ。今は暮れ六ツ過ぎだから、死んだのは八ツくらいかもしれない」

「そうか、そんな明るいうちなら誰か見ていたかもしれねえな。おい」

厚仁は多聞を呼びに来た年若い小者に声をかけた。

「ちょっくら走ってこの近所の長屋の連中に声をかけてこい。法恩寺裏の林で女の悲鳴を聞かなかったかとか、不審な人間を見なかったかとか」

「不審な人間てな、どんな人間ですか」

まだ子供っぽい顔をした小者が緊張した表情で聞く。

「ばっか、おまえ。そりゃ不審な動きをしてた奴《やつ》だよ。こう――おろおろしてるとか血のついた匕首《あいくち》を持ってるとか」

「いや、厚仁。死因は頭を打ったためのようだ。匕首は使ってない」

多聞がおまきの頭を起こしながら言うと、厚仁は自分を見上げている若い小者の顔を押しやった。

「じゃあ血のついた石とかトンカチとか……馬鹿野郎、おまえ、そのくらい自分で考えろよ」

「へえ」

小者は曖昧な顔でうなずくと走っていった。

「最近使ってるやつで、まだガキなんだよ。いろいろわかんねえんだ」

厚仁は言い訳のように言う。

「そんで下の方はどうだ？　やられてないか？」

多聞は着物のすそをめくると手早く足の間を調べた。

「うん、なにもされていないようだ」

「そうか、じゃあやっぱり金目当てか」

厚仁は渋い顔で吐き捨てた。

「金目のものはなかったのか？」

「財布も荷物もなにもねえ」

それは身元を調べるのに難儀する。多聞が顔を知っていて喜ぶはずだ。

「最初に見つけた人間は？」

「法恩寺の寺男だ。使いの帰りに見つけたって言ってた。まあ、おとなしそうな爺《じい》さんで死人から金を盗むようには見えなかったな」

「あとでもう一度詳しく調べるが、おまきさんはたぶんここで殺されたんじゃない」

多聞の言葉に厚仁は驚いた顔で振り返った。

「え？」

「頭に傷があるのに地面に血の跡が少ないし、裸足なのに足の裏がきれいだ」

「お？」

厚仁はあわてて小者から提灯を奪うとおまきの足の方へ回った。

「ほんとだ。きれいなもんだ」

「それに……胸元から酒の匂いがする」

多聞はおまきの胸に顔を近づけ、手であおいで風を送った。

「酒？　つまりどこか酒を飲むようなところで殺されたっていうのか、家か？」

「かもしれん。店の可能性も」

「石原町って言ってたな。長屋住まいか？」

厚仁がそわそわしだす。多聞はうなずいて幼なじみを見上げた。

「うちに戻れば帳面があるから長屋の名前がわかる」

「そうか。じゃあホトケは番屋へ運ぶから俺はおまえと一緒に武居庵《あん》へ行こう」

その言葉に多聞は首を横に振った。

「いや、番屋より俺の家の方が近い。診療所へ運んでくれ。その方が面倒がなくていい」

「わかった。寺で戸板でも借りてくる」

厚仁はそう言うと、提灯を持っていた小者に遺体を運ぶための応援を呼んでくるように伝えた。こちらの小者は年をとっているだけあって万事心得ているようで、聞き返すことなくさっと走っていった。

バサリと雑に薦を被《かぶ》せられるおまきを見て、多聞はもう一度手を合わせた。

（おまきさん……）

おまきは夫を二年ほど前に亡くした後、一人息子を女手ひとつで育てている。

ごく普通の、まっとうに生きている母親がなぜ命を落とすようなはめになったのか。

多聞はおまきと残された子供のことを考えて目を閉じた。

一

武居庵へおまきの遺体を運び込むと、もう寝間着に着替えていた多紀が出てきた。

「どうしたのです、多聞。板橋さまも」

「すみません、母上。診療所を開けます。おまきさんが殺されたので、遺体を調べなければなりません」

「おまきさん？　誰です」

多紀は眉をひそめる。

「うちに何度か子供を診せに連れてきた人です」

多聞はそう言うと源治郎に頼んでおまきを乗せた戸板を診療室へ運び込んだ。

「板橋さま、お調べになったらすぐに引き取ってくださいましよ」

多紀は厚仁を怖い目で睨む。厚仁は両腕を脇につけ、直立不動で「はい、必ず！」とよい返事をした。

診療室の床に戸板に乗せたままのおまきを置く。多聞は行灯に明かりをいれ、帳面を調べた。

「たしか――今年の春も来ていたはずだ……ええっと――」

月別にまとめてある帳面をめくり、目当ての名前を見つける。

「あった。石原町茂平長屋……子供の名は爽太《そうた》。まだ五歳だ」

名前を見ると、真っ赤な顔で泣いていた子供がまざまざと思い出される。

「おっかさんが帰ってこなくて今ごろ泣いているなァ」

厚仁は哀《かな》し気《げ》な顔をする。

「腹をすかせているだろう、かわいそうに」

「途中でなんか買ってってやる」

厚仁はもう出口に走っていた。

「なにか新しいもんが出たら教えてくれ。長屋に教えたらきっと明日ホトケを引き取りに来てくれるだろう」

「わかった」

厚仁と小者たちがバタバタと出て行き、診療室には多聞とおまきだけが残された。

「おまきさん、調べが終わったらすぐに爽太のところへ戻してやるからな。もうしばらく辛抱してくれ」

多聞はおまきに声をかけると改めて帯をほどき、着物の前を広げた。この暑さで、もう内臓が傷み始めているのか、むっと腐敗臭が鼻をつく。

おまきの肩や背中、足に紫斑がある。やはり死んでから引きずられ、あの雑木林まで運ばれたようだ。

遺体になにか殺された場所を特定するものがないかと見たが、他にはなにもない。多聞は次におまきの着物を調べた。最初に気づいたように胸に酒がかかったあとがある。他にないかと襟元や袖を見ると――。

「これは……」

袖口になにか黒っぽいものがこびりついている。

多聞は道具箱から竹製の毛抜きを取り出しそれを摘まみ上げた。小指の爪ほどの大きさがある。

鼻を近づけて匂いを嗅ぐと、ツンと辛い香りがした。

「胡椒《こしょう》――いや、とうがらしか？」

海苔《のり》の佃煮《つくだに》に似た粘着性がある。

「やはりどこか食事をするところで殺されたんだ」

多聞はその黒い固まりを懐紙になすりつけた。

「調べられるかな……？」

元のように着物を着せ、薦を被せる。手足の硬直がまだなので着せやすかった。

柔らかく関節を動かし手を組ませる。この腕はもう二度と子供を抱くことはできないのだ――。

多聞は石原町の茂平長屋に走った。長屋の入り口の木戸は開いたままで、住人たちがばらばらと外へ出てきていた。みんな浴衣姿でうちわを持っているものもいる。明るくなっている部屋を覗くと厚仁が住人に話を聞いているところだった。

「厚仁」

呼びかけるとちょっと待てというように片手をあげられる。

厚仁はそのあと二つばかり質問してから、多聞の方へやってきた。

「おまきは煮物屋で働いていたって話だが、今日は誰も帰ってきたところを見てないようだ」

「そうか」

「俺はこれからおまきが勤めてた煮物屋に行ってくる。死んだのが八ッくらいなら午前中だけ働いていたんだろう。そしたらどこそこへ行くと言っていたかもしれねえからな」

「おまきの子供は？　爽太はどうしてるって？」

「ああ、腹をすかせて泣いてたって、長屋の女たちが面倒を見てる。俺も稲荷寿司《いなりずし》を渡しておいた。今日はそのうちの誰かが預かってくれるだろう」

「そのあとは？」

多聞の言葉に厚仁はちょっと言いよどんだ。

「……まあ大家がおまきの葬式を出したら……そのあとはどこかへ里子に出すか、みなしごを預かってくれるところを探すしかないだろうな」

「そうか……」

あれから帳面を調べると、おまきは三度武居庵に来ていた。爽太は喘息《ぜんそく》の気があるらしく、多聞は当帰《とうき》を中心とした薬湯を処方していた。

病を抱えた子供は里子になりにくいだろう。

多聞は厚仁に教えてもらって爽太を預かっている長屋の夫婦の部屋に向かった。

「こんばんは」

爽太を治療したものだと言うと、夫婦は部屋にいれてくれた。

六畳一間に子供が三人寝ている。真ん中が爽太だ。ずいぶん泣いたのか乾いた涙をこびりつかせ、目元が腫れている。

「母親が亡くなったことは？」

「まだ話してねえよ、こんな小さい子に言ってわかるかどうか」

父親はすっぱいものでも口に詰めているような顔で爽太の頭を撫でた。

「そうですね……」

「おまきさんもかわいそうに。子供を残していったんじゃ浮かばれないねえ」

母親は指先で涙をぬぐう。多聞は診療所から持ってきた喘息の薬を夫婦に渡した。

「もし爽太が咳をして苦しがったらこれをお湯で溶いて飲ませてやってください」

多聞は部屋を出た。厚仁はもうおまきの勤め先に向かったのだろう。長屋の住人も自分の家に戻ったのか外には誰もいない。

顔を上げると長屋の向かい合った狭い軒の間から夜空が見える。天の川がくっきりと流れていた。

牽牛《けんぎゅう》と織女のように死者と生者は分かたれる。両者を繋《つな》ぐかささぎの橋は思い出だけだ。

多聞が木戸の方を振り返ったとき、さっと隠れる影があった。騒ぎを聞きつけた野次馬かと思ったが、隠れ方が気になり、早足で木戸まで向かう。

しかし外には誰もいなかった。

多聞は星空の下で立ち尽くした。


翌朝から板橋厚仁は走り回っていた。昨夜おまきの働き先で聞いたところ、確かにおまきは昼までそこで煮物を売っていた。そのあとちょっと用事があるので休ませてほしいと言ってきたらしい。

だが肝心のその用事やどこへ行くなどは聞いていなかった、と店主は言った。

「あんないい人がなんで殺されたりなんかするんだよ。同心の旦那、きっと捕まえておくんなさいよ」

店主のおやじは涙ながらに厚仁にはっぱをかけた。

厚仁は調べ方を変えた。おまきはどこか酒を飲むような場所で殺された、そして用事があると言った。このことから誰かと会っていたと考えるのが自然だ。そこでおまきの人となりやつきあいを調べようと考えたのだ。

働き先や長屋の住人の話では、おまきは「しっかりもの」で通っていた。子供には甘いが気が強く、煮物屋で男たちにからかわれても怒鳴り返してひるまない。

おまきの最初の夫、平太は働かずに暴力まで振るう男で、大喧嘩《おおげんか》したあげく大家に仲裁に入ってもらって離縁したという。

その後おまきは、再婚して茂平長屋に移った。長屋の住人の話では丑蔵《うしぞう》というその夫は優しくおとなしい人物だったという。丑蔵は名前と違って体が弱かったが夫婦仲はよく、おまきは献身的に世話をしていたという。

話を聞いていると、チャキチャキして情に厚い江戸っ子らしいおまきの様子が浮かび上がってくる。

「おまきさんは確か以前、酒問屋に奉公にあがってたよ」

長屋の女将《おかみ》さんたちが話してくれた。

「茂平長屋に越してきたのは五年前さ。生まれたばかりの爽太ちゃんと、旦那の丑蔵さんと一緒にね。そのとき酒問屋の山嵜《やまざき》屋さんを辞めてきたって言ってたね」

だが平穏な生活は長く続かなかった。爽太が三つになった頃、元から病弱だった丑蔵が急に亡くなってしまったのだ。

気丈なおまきが泣きわめいて爽太も泣いて泣いて、長屋のみんなの涙を誘った。

そのあとおまきは一人で爽太を育てることになる。何人かおまきに言い寄る男もいたし、大家が再婚話を持ってきたりしたが、おまきは全部断っていたそうだ。

厚仁はおまきの今のつきあいだけでなく、五年前まで働いていた酒問屋にも聞きにいった。酒問屋山嵜屋は日本橋の近くにあり、かなりの大店だった。

「おまきですか、覚えてますよ」

主人は留守ということで番頭が話をしてくれた。

「おまきは奥で働く女中でね。嫁いで今はいないけど、当時はお嬢さんのお世話係だったんですよ。しっかりものだしよく気がつくのでね、旦那さまも女将さんも信頼なさって。お嬢さんもなついてらした。おまきのことを一番知っているのはお嬢さんかもしれませんね」

なるほど、と厚仁は思った。聞けばお嬢さんが嫁いだのは五年前。おまきはお嬢さんが嫁いだあと、自分の仕事は終わったと思って店を辞めたのだろう。これからは旦那と子供の世話をするために。

店からはこれまでのおまきの働きに、十分な退職金も出たそうだ。

「そんなお金をいただいたのはおまきだけでしたよ」

番頭は少々うらやましそうに言った。

厚仁はおまきが世話をしていたお嬢さん、おりんの嫁ぎ先へと向かった。


「いや、まいったよう」

その日の夕方、厚仁は多聞の診療所に転がり込んでくるなり言った。

「おまきをよく知っていたっていうからおりんという山嵜屋の娘に話を聞きに行ったんだが」

おりんは今は浅草にある漆器を扱う店、橋本屋の若女将になっていた。武家の贈答品として多く扱われるということで、店は小さいながらも格式があった。

主人の市太郎《いちたろう》はおりんより一五も年上で、二人が並んでいるところは親子のようにも見えたという。

「おまきが死んだって話をしたとたん、おりんはがたがた震えだして、あっという間にひっくり返っちまった。旦那はもう大慌てで、『妻は体が弱く気も弱い。世話になった人が殺されたなんて聞いたらひどく動揺してしまう』なんて言ってよ、また日を改めてくれって言われちまった」

最後の患者が帰ったあとだったので、多聞は診療室を掃除しているところだった。おまきの遺体は朝のうちに長屋の住人たちが引き取りに来てくれて、今夜通夜を行うという。

「おまえはまた無神経な物言いをしたんじゃないだろうな」

多聞が言うと厚仁は頭をぶるぶると振る。

「言ってねえよ！　ただおまきという女の死体が見つかったんだが、と言っただけだ」

「ふうん」

多聞が鼻で返事をすると、厚仁はむきになった。

「ほんとだぞ、俺だって最近は気をつけて――ああそうだ。病がちなら武居庵を訪ねるといいって伝えておいた。長崎帰りの腕のいい蘭方医だってな。そのうち診てくれってくるかもしれないぜ」

「余計なまねをするな」

「なんでだよ、貧乏人相手ばかりじゃ薬も買えねえだろ。あの漆器屋は羽振りよさそうだったぜ」

その鼻先に多聞は懐紙に包んだものを突きつけた。

「なんだ、これ」

「おまきさんの着物の袖にくっついていたんだ」

厚仁は多聞の手のひらの上にのっていた懐紙を指先で摘まんだ。自分の顔の前に持っていって、すん、と匂いを嗅ぐ。

「ほう……なんか、海苔みたいだな」

「ああ、食べ物ではあるだろうが、俺にもよくわからない」

「食いしん坊のおまえにわかんねえなら俺には無理だな。まあこのあたりの居酒屋や料亭を当たっているからもうじき足取りはつかめると思うが」

厚仁は懐紙を多聞の手の上に戻す。

「そういや化け狐はどうしたよ。ホトケがいた近くにも稲荷があるんだぜ、稲荷仲間からなにか情報もらってないのかよ」

「青はおとついから留守だ。もうじき帰るとは思うが……」

そのとき、噂をすれば影というべきか、診療室の床近くに作ってある、小さな戸が開いて、狐が長い鼻先を突き出した。

「青」

多聞が明るい声で呼ぶ。狐は頭を部屋にいれるとそのまますするりと床に上がってきた。ぶるぶるっと全身を震わすと草の匂いが部屋に広がる。

「おかえり」

「ただいま戻りました」

青は狐の姿のまま、ととっと多聞と厚仁のそばへ寄ってきた。

「板橋さま、こんばんは」

「狐の面でこんばんはなんて人みたいな挨拶するな！」

厚仁はいやそうに身を引く。

「さっき俺の話をしてましたか？」

青は厚仁への嫌がらせか、狐の姿のままでその場にとぐろを巻いた。

「ああ、法恩寺の近くで女の遺体が見つかった。厚仁はおまえが近所の稲荷から何か聞いてないかと言っていたのだ」

「いやあ、狐の連絡網ではそんなものは回ってきませんでしたね」

多聞は手を伸ばして青の銀色の頭から首筋を撫でる。青は気持ちよさそうに目を閉じた。

「連絡網なんかあるのか」

「ありますよ、世の中のことは俺たち狐の存続にも関わりますからね」

青は尾の中から顔を上げて多聞の右手を見た。

「先生、それはなんです？」

多聞は自分が懐紙を持ったままだということを思い出した。

「ああ、これはその遺体の着物の袖についていたものだ。つくだにのようだがなにかわからなくてな」

多聞は青のとがった鼻先にそれを差し出した。青は目を寄せてそれを見て、ふんふんと鼻で匂いを嗅いだあと、長い舌をのばしてぺろりと舐《な》めた。

「あ、青！　なにをする。腹をこわしたらどうする！」

多聞はあわてて懐紙を持った手を高く上げた。

「狐はそんなことで腹をこわしませんよ」

青が三角の顔で笑う。

「それより、そいつ、昔食べたことありますよ」

「えっ」

青は床に頭をつけるとくるりと前に転がった。とたんに白い着物に菅笠姿の美麗な薬売りに変身する。厚仁は「うわっ」とのけぞってその場に倒れた。何度見ても慣れないらしい。

「食べたことがあると？」

多聞は動じずに青の顔を見る。青は菅笠をはずして艶《あで》やかな笑みを浮かべた。

「はい、京の都でいただきました。そいつはきごしょう。葉とうがらしで作るつくだにですよ」

「きごしょう……」

「じゃ、じゃあつまり、」

体を起こした厚仁が前のめりに青に詰め寄る。

「おまきは京の料理を食べたっていうのか？」

「食べたかどうかまではわかりませんが、袖にきごしょうがつくような場所にいたんでしょうね」

青の言葉に多聞と厚仁は顔を見合わせる。

貧乏長屋に住むおまきが高級な京料理を食べる場所にいた？　それはどこだ？

二

それから二日ほど過ぎた午後、多聞は青と浅草に来ていた。高峯座の定期健診だ。

座長の藤九郎《とうくろう》をはじめ、役者や裏方など三十名ばかりの体調を管理している。

役者は体が資本だ。自分で自分の面倒を見るのが当たり前の世界だが、多聞が顔を出すことで、みんながもっと自分の体を大切にし始めた。代金は座長の藤九郎が自腹を切っている。

「まあこれで休む奴がいなくなるんだから、長い目でみれば得策だってことよ」

藤九郎はそう言って金を払ってくれる。

その帰りのことだ。

両側に観音様帰りの客目当ての食べ物や土産物の屋台が出ている狭い通路を歩いていると、前のほうが詰まってざわついている。

「どうしたんだ？」

先に進めなくなって人の頭の間から覗いたがよくわからない。

「俺が見てきましょう」

青はそう言うとすっとしゃがみこんだ。そのままどういう技か、するすると人ごみを抜けていってしまう。

五つ数える間もなく戻ってくると、「どこかの女将さんが倒れたようです」と伝えた。

「倒れた？」

それを聞いて多聞は前に立つ人の頭に向かって声をあげた。

「通してくれ、医者だ」

声を聞き、人波が分かれる。多聞はその隙間を通って前にでた。

少し開けた場所で若い女性がその父親らしき男の腕の中で目を閉じている。

「診せてください、私は医者です」

多聞はそう言って男の横にしゃがみこんだ。

素早く脈を取り、首筋に触れる。手指は冷たくなっていたが、脈は正常だった。

「貧血のようだ。家は遠いのですか？」

多聞は女を抱いている男に言った。

「いえ、家はこの近くです」

「ではすぐに運んでください。脈が弱いのは気になるが……しばらく安静にされていれば大丈夫でしょう」

多聞はそう言って立ち上がろうとしたが、男が袖を摑んだ。

「先生、一緒に家までお願いできませんか？」

男は顔に大きく「心配」と書いて貼っているかのようだった。眉は太いが目は小さく、鼻は筆で勢いよく「し」の字を書いたように大きい。愛嬌《あいきょう》があって人好きのする顔だった。

「わかりました」

正直、貧血になにかできることなどはないが、患者や家族の不安を取り除くのも医者の務めだ。

「青、薬を持っているか？」

「さっき高峯座で使っちまいましたからね……まあ、いくつか組み合わせてみますよ」

青は風呂敷に包んだ薬箱を持ち上げてみせる。多聞は男に向かって、「こちらは私が懇意にしている薬売りです」と紹介した。

「なにか処方できる薬があるかもしれませんので、一緒にお伺いしてもよろしいですか？」

青が菅笠を持ち上げて尋ねると、男は目を丸くした。思いもかけない美貌に驚いたらしく、「は、はあ……」と青から目を離さず呻《うめ》くように答えた。

「では行きましょう、娘さんは私が背負います」

「はあ……」

男は多聞の言葉に一瞬顔を曇らせた。娘を見知らぬ男の背に預けるのはいやなのかなと思ったのだが、

「これは私の妻でして」

そう申し訳なさそうに言った。

「あ、失礼しました」

ずいぶん年の差のある夫婦だ。

「いえ、一回り以上離れておりますので」

今までにも何度か誤解されたのだろう、夫は情けない笑顔を見せた。


男の家だという店について多聞は驚いた。ここしばらく厚仁との話に出てきた漆器店の橋本屋だったからだ。

（そういえば、厚仁が言っていた。ずいぶんな年の差夫婦で親子にも見えたと）

この夫婦だったのか。ということは自分の背中にいるのはおりんということになる。

おまきの話ができるだろうか？　と多聞は考えた。

店に入ると使用人たちがばたばたと出てきた。

「旦那さま、どうなさいました」

「おりんの布団をのべてくれないか」

主人の声に女中が「はいっ」とすっとんでゆく。番頭らしき男が多聞の背からおりんを受け取ろうと手を伸ばしてくれたが、患者をあまり揺らしたくなかったので、多聞は「このまま運びます」とやんわり断った。

青が菅笠をとって顔をさらすと、店のものも居合わせた客も驚いて見とれる。青は愛想良く笑うと、「薬屋でございます」と多聞のあとに続いた。

夫婦の寝室へ背負ってきたおりんを寝かせ、多聞は改めて患者の様子を診た。高峯座で使用するために道具は一通り持ってきている。

聴診器を使って胸の音を聞くと、かすかにひゅうひゅうという音が聞こえた。

「女将さんは少し胸がお悪いですか？　喘息の気がおありでは？」

「ああ、そうです。子供の頃はしょっちゅうせき込んでいたそうです。大人になってからは落ち着いているらしいのですが」

夫の市太郎は両手を畳についてて妻の顔をのぞき込んでいる。

「ここしばらく夜中に眠れていなかったようで……今日も本当は家で休んでいるように言ったのですが、大事な取引先に招かれてしまったのでどうしても行くと言って」

「眠れていなかった……それはなぜですか？」

「たぶん、知り合いが亡くなったことが原因かと思うのですが」

その知り合いはおまきのことだろうか。おまきが殺されたと厚仁が話したとたん倒れたというのだから。しかしそのあとも眠れないほど不安になるというのは……。

「先生、眠りに効く薬を出しますか？」

青が薬箱から紙包みをいくつか出した。

「そうだな、効き目の強いものでなく、気持ちを落ち着かせるようなものはあるか?」

「ございますよ」

処方しているときおりんが目を覚ました。

「おりん! 気がついたかい、よかった」

市太郎がおりんに覆い被らんばかりにして叫ぶので、多聞は主人の体を押し返さなければならなかった。

「もう少しお静かに」

「は、はい……おりん、こちらはお医者さまだよ。ええっと……」

そこまできて市太郎はまだ多聞の名を聞いていないことに気づいたらしい。

「申し遅れました。本所で医者をしております武居多聞です」

「武居、多聞先生……」

市太郎はどこかで聞いたような、という顔をしてから「あっ」とまた大声を出した。

「このあいだ、同心の方がおっしゃっていた……!」

「はい、名前を伝えたと板橋どのがおっしゃっていました。しかし、今回はまったくの偶然です。私どもは浅草の歌舞伎座に用があって来ていましたので」

多聞は素早く言った。厚仁の知り合いであることは確かだが、お役目のために助けたわけではない。

「そうでしたか、なんという偶然でしょう……」

市太郎は顔中に吹き出した汗をぬぐった。枕の上のおりんは同心の名を聞いてこわばった顔をしている。

その顔に多聞は穏やかに笑いかけた。

「眠れていなかったと聞きました。なにか不安に思っていることがあるのですか？」

「……いえ」

おりんは顔を背ける。

「最近お知り合いが亡くなられたとか。それが心を重くされているのかもしれませんね」

ゆっくりと優しく声をかける。夫の市太郎はその隣で気ぜわしげに手を揉んでいた。妻の体が気がかりでしょうがないという風情だ。

「実は女将さんのお知り合い……おまきさんと私は何度か会っているんです。お子さんの病の治療をしたので」

「えっ！」

おりんは今度は勢いよく振り向いた。そのせいでまた目眩《めまい》を起こしたのか、「ああ……」と呻いて目を閉じる。

「落ち着いてください、頭を動かすときはゆっくりと」

おりんは懸命に目を開けた。

「あの、おまきさんの子は――爽太ちゃんはどうしているのですか」

ようやく焦点をあわせて多聞を見上げる。

「爽太は今は長屋のみなさんが世話をしているようです。近いうちに大家が里親などを探すかもしれないと聞きました」

「そ、そうなんですか」

「女将さんは爽太を知っているのですか？」

おりんは力なく目を伏せた。

「はい……おまきさんはあたしが昔世話になった人です……爽太ちゃんにも何度か会わせてもらいました」

「そうだったんですか。それならおまきさんのことを聞いて驚かれたことでしょう」

「はい……」

おりんの目からつうっと涙がこぼれ落ちた。

「おまきさん……おまきさん……爽太……」

両手を顔に当ててすすり泣く。多聞はもうそれ以上おまきのことを聞くことは止めた。ひどくおりんの心に負担をかけてしまいそうだ。

「この薬を夜にお湯で溶いて飲ませてあげてください。気がおちついてよく眠れるようになるでしょう」

多聞は市太郎に半夏《はんげ》、茯苓《ぶくりょう》を中心に処方した包みを三つ出した。市太郎はそれを両手で受け取ると額まで持ち上げて礼をする。

そのあと店の入り口まで見送ってくれた。

「先生、おりんは夜に何度も飛び起きるんです。一度はひどく怯えて鬼がいる、などと言っておりました。おまきという人のことを聞いてからなんですが、おまきさんはおりんのなんなのでしょうか」

市太郎の言葉に多聞は少し驚いた。

「おまきさんは女将さんが実家にいるときお世話をしていた女中さんです。ご主人は聞いていないのですか？」

「実家の話はあまりしないのです……」

市太郎は目をしょぼしょぼとさせた。

「私とおりんは一五も年が離れています。私と一緒になるのはたぶんおりんにとっては不本意だったかと思います。でも連れ添って五年、私たちは仲良くやってきました。私はおりんがかわいい、大事にしたい。おりんも私に心を許してくれていると思います。でも――私と一緒にさせた実家のことは恨んでいるんだと思うんです」

市太郎の声はだんだん小さくなっていった。

「だから実家の話はしてくれないんです……」

「ご主人、おまきさんは女将さんにとってとても親しい人だったようです。だから今度の事件のことはひどく女将さんの心を傷つけたんでしょう。女将さんが話せるようになったら話を聞いてあげてください。それも心の傷を癒す薬ですから」

「わかりました。ありがとうございます」

市太郎は過分な代金を払ってくれた。多聞は多すぎると断ったが、またお世話になりますので、と強引に押しつけられた。

店を出ると通りで子供たちが遊んでいた。この暑さも彼らには関係ないらしい。汗を飛び散らしてはしゃいでいる。

「子ぉとろ、子とろ」

一人の子供の背中に何人か摑まっていて、それを鬼役の子供が捕まえようとしている。子とろ鬼と呼ばれる遊戯だ。

「子ぉとろ、子とろ、どの子を子とろ……」

空に子供たちの歌声と笑い声が絡まって上って行く。

多聞と青は子供たちを避けながら歩いた。白い地面に子供たちの影が黒々と伸びたり縮んだりしていた。

「驚きましたね」

青が店を肩越しに振り向いてささやく。

「話題の主にこんな形で出会うなんて」

「そうだな。もしかしたらおまきさんのご縁かな」

おりんはおまきの子供のことをとても心配していた。そのうち長屋に行って詳しく聞いておこうと多聞は思う。

「旦那はいい人そうでした」

「うん、女将さんをとても大切に思っているのだろう。おりんさんの不安を取り除いてあげられるといいのだが」

「おまきさんの事件を調べるんですか」

「まさか、それは厚仁の役目だ。おまえがきごしょうのことを教えてくれたから今頃は京料理の店を当たっているはずだ。きっとなにか手がかりを見つけてくるだろう」

「そうですかねえ」

青はあまり信用していないような口調でつぶやく。

「そう言うな、あれでも腕っこきの同心だ」

「あれでも」

くくっと青が笑うので、多聞も笑って青の背中を叩いた。

その厚仁が「ぜんぜんだめだあ！」と言いながら多聞の家に来たのは夕方だった。

食事を終えた多聞は文机に向かい洋書を写し、青は狐の姿でとぐろを巻いていた。

急に多紀に覗き込まれても大丈夫なように、小さな屏風《びょうぶ》の陰にいる。

厚仁は玄関からではなく庭から入り込んで、多聞の部屋の縁側にばったりと四肢を投げだした。

「どうしたんだ、厚仁」

多聞はスラスラと動かしているペンを止めずに聞いた。

「本所だけでなく、大川まで越えて京料理の店を当たったのに、ぜんぜん収穫がねえ！」

厚仁はごろごろと縁側の上を転がる。

「あの狐やろう、でたらめ言いやがって」

「でたらめとはひどいですね」

青が人の姿で屏風の後ろから顔を出す。

「でやがったな、化け狐」

厚仁は両手をついて起きあがった。

「あれは絶対にきごしょうです。俺は何度も京へ行ってるんですよ」

「狐の舌が信用できるかって話だよ。てめえらの食いもんはネズミやバッタだろ」

「料理をいただくときは人の姿です」

「だけど本性は狐だろうが」

そう言われて青はむっとした顔になった。その顔のままスタスタと部屋を横切り、縁側から飛び降りる。地面についたときにはまた狐になっていた。

「青」

多聞が呼んでも尻尾を一振りしただけで、さっと塀を飛び越えて消えてしまう。

多聞は厚仁を睨んだ。

「厚仁、言い過ぎだ。青は協力してくれたのに」

そうたしなめると厚仁は唇をひん曲げた。

「知らねえよ」

「それより今日、橋本屋に行ったぞ。おりんさんに会うことができた」

「えっ」

厚仁が草履をぬいでばたばたと部屋にあがってくる。

「おまきのことを聞いたか？」

「ああ。娘の時分世話になったといって、息子の爽太のことをとても心配していた。

嫁いでからもときどき会っていたらしい」

「そうか、じゃあ最近のおまきのこともなにか言ってたか？」

「そこまではまだ。ひどく不安定な感じだったから、話を聞くときは気を配ってやってくれ」

「そうか……」

厚仁はそれから少し話をして帰っていった。

その話の中で多聞はおまきの息子爽太が源妙寺《げんみようじ》という孤児の面倒を見ている尼寺に預けられたことを知った。

厚仁は今度油揚げを持ってくる、と言いおいていったから、知らねえと言いながらも出て行った青のことを気にしているのかもしれない。

多聞は青も厚仁もいなくなった部屋で再度ペンをとったがそのあとはあまり進まなかった。

待っていたが、青は結局その夜戻ってこなかった。

翌日の夕方、診療が終わって部屋に戻ると青がちょんとすまして座っていた。

それが女物の絽《ろ》の着物に麻の帯を胸高に締め、髪も黒く染めて髷を結い、化粧までしている。ちょっと粋な常磐津《ときわず》の師匠のような姿だ。

「おい、なんだその格好は」

多聞は廊下で棒立ちになって言った。

「多聞先生、食事につきあってくださいな」

肩を下げて身をくねらせる様も女にしか見えない。

「食事って……」

「京料理ですよ。少しばかりいいお召し物を着てくださいね」

青は紅い唇でにやりと笑った。

青が多聞を連れて行ったのは、武居庵のある松倉町からほど近い吉岡町の小さな料理屋だった。

入り口には『花房《はなぶさ》』と染め抜かれた紫色ののれんがかかり、赤と白のおしろい花が小さな竹かごに飾られている。玄関先で名を告げると、案内の女中に奥へ通された。

「この店はつい最近できたそうなんですよ。主人が板前で京で修業してきたらしいんです」

青がそっと告げる。低く柔らかな声は作っていないのに女性の声のように聞こえた。

「出合茶屋というわけじゃないんですが、男女が人目を気にせず食事を楽しめるんですよ。男同士で利用するわけにはいかないんでね」

それでこの格好を、と青がいたずらっぽい目で告げる。

「だったら俺じゃなくて」

「板橋の旦那のような馬鹿舌と食事したくなんかありませんよ」

やはりまだ怒っているらしい。

案内された部屋は個室で、窓からはきれいに設えられた内庭が見える。重たげな風鈴がちりんと澄んだ音を立てた。それ以外に他の部屋の音や声は聞こえない。

小さな床の間には値が張りそうな花器が置かれ、沙羅双樹《さらそうじゅ》の花が涼やかに生けてあった。

落ち着いた特別な空間――目の前に座る青がひときわ美しく見えるのもそのせいかもしれない、と、多聞はやたらにじんでくる汗を手ぬぐいで拭いた。

女中が一の膳先附、二の膳吸い物と運んでくる。会話を交わしてこの店が一日五組しか客をとっていないことを聞いた。店の人間も女中が二人と主人である板前が一人だけの少ない人数で回しているようだ。

三の膳お造り、四の膳焼き物と進んで、おいしさに多聞の緊張もほぐれてきた。あいまの酒がさらに舌を回し、青との会話も楽しめた。

揚げ物、煮物、蒸し物、和え物《あもの》、どれもこれも食べ終えるのが惜しい。

最後に白飯がでたが、その膳にのっている小鉢に多聞は目を留めた。

それには海苔のような黒いものが入っていたからだ。

多聞は小鉢を見て目の前の青の顔を見た。青は小さくうなずいた。

「あの、これは……」

多聞が小鉢を指すと女中は「はい」と控えめな笑顔で答えた。

「きごしょうという京の佃煮でございます。伏見で採れた葉とうがらしを酒、醬油《しょうゆ》、砂糖、みりんで炒《いた》め煮《に》にして作ります。お酒にも合いますが、ご飯と一緒にどうぞ」

多聞は膝の上に手を置いて軽く頭を下げた。

「どの膳もとても美味しかったです。あとでご主人とお話しできますか？」

女中は主人に伝えておくと言ってくれた。

多聞はきごしょうを箸の先にとり、それを舐めた。甘さの中にぴりっとしたさわやかな辛みが鼻に抜ける。

「とうがらしの葉か……」

青もその佃煮を箸の先で舐めた。

「間違いありません。このきごしょうの味は俺がこないだ舐めたものと同じです。きごしょうは作り手によって味が違います。おまきさんはここで食べたに違いありません」

「青、どうやってこの店を見つけたのだ？」

　多聞は小鉢を手に取ってしげしげと見る。

「昨日、板橋さまに俺の舌をさんざん馬鹿にされましたんでね」

　青はきごしょうをたっぷりのせた白飯を、ぱくりと食べる。

「夜のうちにこの辺りの京料理の店を回って出されたクズを探しました。そこでこのきごしょうを見つけたんです」

「それは――」

　大変だったろう。店のものに狐の姿を見つかったら殺されていたかもしれない。

「青、ありがとう。これでおまきさんも報われる」

「まだわかりませんよ」

　青はあっという間に白飯の椀《わん》を空にして、止め椀と呼ばれる味噌汁に箸をつけた。

「ここにも板橋さまは当然来ているでしょう。それでもおまきさんが来たという確証は得られなかった。つまり店の人間が嘘をついているんです。なぜおまきさんが来ていたことを隠すのか？　多聞先生はおまきさんのことじゃなくて、店主がどういう人間なのか尋ねてください」

　多聞は不安になって青の顔を見た。

「俺に出来るかな？　俺は同心ではなく医者だぞ」

「お医者は人を診るんでしょう？　大丈夫ですよ、嘘の中には真実が隠れている。病だって人の中に隠れているんですから」

やがて最後の菓子が出てきて、それを味わっていると襖の向こうで声がした。

「失礼いたします。亭主の花吉と申します」

襖が開いて顔を出したのは、役者のように整った顔の、三〇代半ばの男だった。目が大きく睫毛《まつげ》が長い。女にもてそうな顔だ。

「本日はありがとうございました」

花吉は丁寧に頭を下げた。

「すべて、とても美味しかったです。こちらこそありがとう」

多聞は正直な感想を述べた。どれも繊細で丁寧な仕事ぶりで、味付けも関東ものに合わせてあったのか、しっかりとしていた。

「こちらのお店は最近開かれたと聞きましたが」

「はい。三月ほど前に」

花吉の答えを聞いて、青が首をなまめかしく傾げる。

「ご主人は西の訛《なま》りがないようだけど、江戸の方なの？」

花吉は美しい女の装いの青に嬉しそうな目を向けて、愛想よく答えた。

「そうです。親は日本橋で料理屋をやっておりました。私も板場にいたのですが、五年ほどまえに一念発起して京へ修業に出たのです」

五年――。最近よく聞く数字だな、と多聞は思う。

「日本橋にはアタシもよく行きますわ。どちらのお店だったのかしら」

「はは、もう無くなってしまいましたよ。おそらくご存じないでしょう」

花吉は軽くかわす。店が無くなった経緯《いきさつ》は話したくないようだ。そのあとは多聞が引き取った。

「こちらに戻られてから日本橋へは行かれましたか？」

「魚などを仕入れによく行きますね」

もう少し女と話したかったのか、花吉は未練のある視線を青に向ける。

「では五年も経ったならいろいろと変わっていて驚かれたんじゃないですか？」

「そうですね……」

花吉の目に懐かしさが浮かぶ。

「町の景色もお店もずいぶん変わったでしょう。昔よく行かれた場所などはすぐにわかりましたか？」

「それはもう。戻ってきたばかりのときは、あっちへふらふら、こっちへふらふら。懐かしさに惹《ひ》かれてほっつき歩きました……」

「私は本所で医者をしている武居と申します。私も勉強のために長崎に十年ほど行っていました。ですから江戸に戻ってきたときは、すっかり変わってしまっていて、道に迷ったりもしましたよ」

多聞は自分のことを話した。手の内を見せることで相手の気持ちをほぐすのは、患者と対応しているときもよくやる方法だ。

「長崎に。蘭方ですか」

思った通り、花吉の表情に親しみが増した。

「お医者さまではないかと思っていましたが蘭方とは。では異国の珍しいものなども食されたのでしょうか」

「はい、いろいろ食べましたがあれはおいしかったですね、まんごおという南国の果物なのですが……」

そのあとしばらくは多聞の食べた異国の食べ物の話になり、花吉も興味を持って聞いてくれた。

「いや、これは——長居をしてしまい申し訳ありません。ご挨拶だけと思っていたのですが」

花吉は名残惜し気に話を切り上げた。こちらも勉強熱心な性質《たち》らしい。

「そういえば日本橋に山嵜屋という酒問屋があるのをご存じですか？　老舗《しにせ》なのでご亭主が京に行かれる前からあったと思うのですが」

多聞はそろりと火縄に火を点《とも》してみた。その名前に花吉がちょっと驚いた顔をする。

「え、ええ。もちろんです。近所でしたから」

「そう――近所だったのですか。その山嵜屋の女中さんでおまきさんという人がいたのですが、覚えてらっしゃいますか？」

花吉の表情が目に見えて変わった。目が見開かれ、呼吸が速くなる。チリチリと火縄の火が火薬に近づいていく。

「な、なにを」

「その方がついこの間、亡くなられたんです。おまきさん、ご存じですね」

「い、いいえ！」

花吉は激しく首を振った。

「申し上げましたように、私は五年前に江戸を離れました。おまきさんという方がいたかわかりません！」

「あらぁ？　おまきさんは五年前まで山嵜屋にいたんですが……」

青が茶々をいれるような軽い調子で言った。

「あ、あんたたち、なんだ？　なぜそんなことを！」

とうとう火薬に火がついた。花吉はすっかりうろたえ、それを隠すために声に怒りをにじませ怒鳴る。多聞は静かに花吉に告げた。

「私はおまきさんの遺体を検分したんです」

どさっと音がしたのは花吉が体をのけぞらせ、襖にぶつかったからだ。

「おまきさんはこちらにいらっしゃいませんでしたか？」

「知らない！」

花吉はあたふたと襖を開き、廊下に転がり出た。

「帰れ！　帰ってくれ！」

「花吉さん」

「帰れ！」

ドタドタと花吉が廊下を駆けてゆく。他に客がいたなら驚いただろう。

「先生、当たりでしたね」

青がふふんと鼻で笑う。きごしょうからこの店を見つけ、店主に目星をつけることができたのだ。厚仁を見返してやれて嬉しいのだろう。

「しかしここまでだな。これから先は厚仁に調べてもらうしかない」

そんなことを言う多聞に青は白い顔を突きつけた。

「そんな。ここまできたら全部暴いて板橋の旦那につきつけてやりましょうよ」

そう言って左の手のひらに右の拳をぱんっと叩き込む。

「面白くなってきましたよ」

「青、人が一人死んでいるんだ。不謹慎だぞ」

京料理の板前花吉、女やもめのおまき。二人とも五年前に日本橋を離れている。五年前になにがあったのか。おまきが殺されたことにそれがどう関係しているというのだろう？

三

翌日、青は強引に多聞を誘い、朝早くから日本橋へと出かけた。

「山嵜屋を近所だというなら、きっと店のものが花吉の親がやっていた店を知っているはずですよ」

多聞は気が進まなかったが、おまきのためだと言われ、しぶしぶ出てきた。青は気に入ったのか、今日も女の格好をしている。白地に紫色で百合《ゆり》が染められた婀娜《あだ》っぽい柄で、思い切り空けた衣紋《えもん》から覗く首筋が白くなよやかだ。横に立って歩くと落ち着かない。

「気に入ってるとか、そんなわけじゃありません。この方が話を聞き出すには便利なんですよ」

青は着物のたもとでぱたぱたと顔をあおぎながら言った。

「便利？」

「山嵜屋は酒問屋です。秋に祝言をあげる、という体裁で話をするんですよ」

「しゅ、祝言ておまえ……っ！」

二人は山嵜屋に入ると年輩のものを探した。昔から店にいて日本橋に詳しいものがいい。

すると厚仁が話を聞いたという番頭がいたので、青は雑談を装って話しかけた。

最近食事をした店の板前が花吉といって、昔この辺りにあった料理屋の息子だったらしいけど……そう言うと番頭は「ええっと、」と目を天井に向け、記憶を手繰った。

「ああ、そうそう、花吉さんといえばそりゃあ『花ぶきや』ですよ」

すぐに思い出した様子でぽんと手を打った。

「いやあ、あの店は運が悪かったですね。食中《しょくあた》りを起こしてしまったんですよ、それで潰れた」

「そうだったんですか……」

食中りで潰れたとなれば、花吉が言いたがらないわけだ。

「花吉さん、懐かしいですね。うちのお嬢さんとは幼なじみでね、ずいぶん仲がよかったんです」

番頭は話好きらしい、にこにこと聞いていないことまで話してくれた。

「当時うちの店が酒を卸していましたし、もしかしたらお嬢さんが嫁にいっていたかもしれないんですよ」

「へえ。そんなに親しかったんですか」

青が愛想良く言うと、番頭はますます笑顔を大きくした。

「ええ、いいお店だったんですよ」

「花ぶきやの方はその後どうされたんですか？」

心配そうな顔を作って青が重ねる。

「確か親御さんは武蔵の方へ引っ込んだんじゃなかったかな。花吉さんも江戸を離れてしまって……お嬢さんはずいぶん寂しい思いをなすったようでしたよ」

「でもそのあといいご縁があったじゃないですか」

青は番頭を励ます口調で続けた。

「はい、橋本屋さんとの縁談が来て嫁がれたんです。でもなんせ橋本屋さんは当時で三〇すぎ、お嬢さんは番茶も出花の一八歳でしたからねえ……気乗りはされなかったみたいですねえ」

番頭は声を低めて気の毒そうな顔をした。

「あら、アタシこないだ橋本屋さんでお見かけしましたけど、おりんさんは幸せそうでしたよ」

平気な顔でぺろりと嘘をつく。あのときは具合の悪い顔しか見ていなかったのに。

「ああ、それはねえ、なにせ橋本屋さんはお嬢さんを大事に大事になさっているようだから。まあなんのかんの言っても夫婦になってしまえばねえ。お客様たちは今もお幸せそうですが」

「ええ、そりゃあもう」

青がするりと多聞の腕に自分の腕を絡める。多聞はあわててその手を振り払った。

「もう、この人ったら恥ずかしがり屋さんでしてねえ」

青はそう言って多聞を軽く睨む。多聞は顔を赤らめそっぽを向いた。

とりあえずとっくり一本に酒を詰めてもらい、二人は店をでた。

通りに出ると多聞はどっと疲れを感じ、大川の川縁まで行ってしゃがみこんだ。

「なんですか、多聞先生。そんなにおいやでしたか」

「ああいう真似《まね》はよせ」

多聞がふくれっ面で言うと、青は両手を後ろで組んで、多聞の顔を楽しそうに覗き込んだ。

「いいじゃないですか、おかげで重要なことがわかった」

そう言って青も多聞の横にしゃがみこむ。

「花吉がそんなにおりんさんと仲がよかったなら、当然世話係のおまきさんのことも知っているはずだ。花吉、おりん、おまき、この三人には関係がある」

「おまえ、まだ続けるのか」

多聞の呆れた声に、青はなにを今更という顔をする。

「ここまで来たら最後まで知りたいですよ、真実を。なぜおまきさんは死ななければならなかったのか。きっと花吉が江戸を離れ、おりんが嫁ぎ、おまきが店を辞めた五年前に、なにかあったんですよ」

「とりあえずその格好を止めてくれればつきあうよ」

多聞は情けない顔で笑った。


青が薬売りの姿に戻ったので、多聞は少し元気を取り戻し、二人は浅草に来ていた。橋本屋にいき、おりんの具合を診ようと思ったのだ。

できれば花吉のことも聞こう、と青は言ったが、あくまでもおりんの体が最優先だと多聞は釘《くぎ》を刺しておいた。

橋本屋の前の通りでは今日も子供たちが汗で顔をびっしょりにして、それでも笑いながら遊んでいる。子供たちの歌う子とろ鬼の歌と笑い声が道行く人たちを笑顔にしていた。

「こんにちは」

のれんをくぐって店に入ると、多聞を覚えていた市太郎がぱっと顔を輝かせた。

「これは武居先生、こちらからお伺いしようかと思っていたところです」

駆け寄ってきた主人に多聞は眉をひそめた。

「もしかして、おりんさんの具合が悪いのですか？」

「そうなんです」

多聞と青は市太郎に連れられて店の奥へとあがった。庭に面した廊下には日除《ひよ》けがおろしてあり、日差しが入らないようになっている。寝ているおりんが暑くないようにとの配慮だろう。

広い庭の向こうから子供たちの遊ぶ声がけっこう響いてくる。眠りが浅いおりんが昼に休むには少し差し障りがあるかもしれない。

「おりん、私だよ。入るよ」

市太郎は部屋の前で優しく声をかけて障子を開けた。しかし、布団はもぬけのからになっている。

「お、おりん！」

市太郎は薄い掛け布団を摑むとあわてて廊下にでた。

「誰か、おりんが……！」

「ご主人、落ち着いて。おりんさんはあそこです」

多聞は市太郎の体を後ろから摑み、くるりと部屋の中へ向けた。

部屋の隅に着物をかけるための衣紋掛けがあり、その向こうから白いつま先が覗いていた。

「お、おりん」

市太郎が這うようにして衣紋掛けまで行き後ろを覗くと、おりんが膝を立て、頭を抱えて座り込んでいた。

「おりん、どうしたんだ」

「……旦那さま」

おりんは目に涙を浮かべ震える手を主人に伸ばした。

「助けて……鬼が、鬼が来たんです」

「おりん、鬼なんていないよ、それは夢だよ」

「いいえ、いいえっ！　鬼なんです、ほんとに鬼が——あたしを、あたしのところに……っ」

わあっとおりんは激しく泣き出し、市太郎の胸に顔を埋めた。

多聞はすばやく青に薬の指示を出し、布団を整えた。

「ご主人、女将さんをこちらへ」

多聞がそう呼んで、市太郎は何度もおりんを宥《なだ》めながら布団へと戻した。

「さあ、おりんさん。これを飲んでください」

多聞はしゃくりあげているおりんに自分が持ってきていた竹筒を渡した。

「冷やしたお茶が入っています。落ち着きますからどうぞ」

おりんはおずおずと口を付け、だがその味に目を大きく見開き、次にはこくりこくりとのどを動かして飲み干した。

「……おいしい」

「そうでしょう？　ゆずやかりん、みかんに桃などを干したものを細かく切って、煎茶に混ぜたものなんですよ。気持ちが落ち着きます」

「そ、それ、もっとありますか？」

恐怖にこわばっていた妻の顔が穏やかになったことで、市太郎は勢い込んで言った。

「ありますよ。一袋おいていきましょう。水出しで用意しておき、いつでも好きなときに飲んでください。あと、夜に眠るときのお薬も一緒に」

「ありがとうございます！」

そうだ、先生にもお茶を、と市太郎はあわてて部屋から飛び出した。

多聞はおりんの頭を枕の上に寝かせた。

「どうしたんです、おりんさん。鬼とはなんのことですか?」

「……」

おりんは目線をそらす。

「どうせ先生も信じてくださいません」

「そんなことはありませんよ。私も鬼や妖怪を見たことがありますから」

「えっ」

おりんは驚いた顔で振り向いた。

「私が見たのはむじなという妖怪でしたが」

「まあ……」

おりんの興味を引けたようだ。多聞は膝の上に手を置くと、姿勢を正して言った。

「あなたの見た鬼はどんなものなんですか?」

「夢を……」

おりんは小さな声で言った。

「最初は夢だったんです……夢の中であたしは鬼ごっこをしてて……それが子とろ鬼で……」

多聞は店の前で子供たちがしていた遊戯を思い出した。

「でもその夢の鬼はほんとうの鬼で……あたしが守る子供たちを取って食うんです。

最初は何度もその夢に飛び起きて」

そういえば市太郎が言っていた。夜中に何度も飛び起きると。

「でもこの頃はその鬼が……夢じゃなくてあたしの部屋や廊下に立っているんです。そしてあたしの後ろの子供を狙っているんです」

「子供？」

おりんははっとして口元を掛け布団で押さえた。

「もしかしておりんさん、懐妊されたのですか？」

「い、いいえ」

おりんは多聞から見られないようにか、顔をそむけた。

「そんなんじゃありません、決して！」

「そうですか……」

おりんの強い拒絶が気になったが、ばたばたと足音がして市太郎が戻ってきたのでその話を続けるのは止めた。

「そういえばおりんさんはおまきさんの子供を気にされてましたよね」

多聞は思い出して言った。はっとおりんがこちらを向く。

「は、はい。爽太ちゃんはその後どうしてますか？」

「知り合いの同心から聞きましたが、源妙寺という尼寺に預けられたそうです。そこで里親を探すそうです」

「まあ……」

おりんは上半身を起こそうとした。

「そんなお寺で……爽太ちゃん大丈夫でしょうか？」

「大丈夫ですよ、ちゃんと横になっていてください」

多聞が驚いておりんの体を押さえようとしたが、おりんはそれに抗《あらが》った。

「でも……っ」

「具合がよくなったら一度爽太ちゃんのお見舞いに行かれるのはどうでしょう」

黙っていた青がそっと後ろから口を出した。

「おっかさんが亡くなって心細いと思います。着替えや玩具《おもちゃ》などを持って慰めに行かれては？　爽太ちゃんだけに持って行くと他の子たちがかわいそうですから全員の分を持って行かれるといいですね。おまきさんへの供養にもなると思いますよ」

その言葉におりんの顔がぱっと明るくなった。

「そう、そうですね。そうします」

「それではまずご自分の体を治さなくては。まだまだ暑いですから途中で倒れたりしないように、よく寝てよく食べて体力をつけなければ」

多聞はそう言って市太郎にうなずいてみせた。市太郎も妻のそばに膝をつき、

「そうとも。まずは体をしっかり治して」と励ます。

おりんは何度もうなずくと、大きく息をついて目を閉じた。

そのあと、多聞は店先まで送ってくれた市太郎に伝えた。

「源妙寺という寺にいきたいとおっしゃるかもしれないので、これは断らないであげてください。爽太のことがとても気になっているようで、いろいろしたいと言われるかもしれませんがそれも聞いてあげてください。とにかく今は好きなようにさせて心を平静に保ちましょう」

「鬼のことは……？」

市太郎は不安そうに言う。鬼の話は信じていないが、そんな妄想を呟く妻のことは案じている。

「どうも外で子供たちが遊んでいる子とろ鬼のせいで夢を見るようです。子供たちには菓子でも与えてどこかよそで遊ぶように頼んでみてください。家に病人がいると言えば、子供たちだってわかってくれます」

「子とろ鬼、ですか」

市太郎は暖簾《のれん》の向こうの白い日差しを見つめた。子供たちの笑い声が聞こえてくる。

「わかりました。やってみます」

市太郎は何度も頭を下げて多聞と青を見送ってくれた。

暗い室内から急に日差しの中へでたので、一瞬目が見えなくなった。やがて光に目が慣れて焦点が合うと、いつの間にか子供たちが鬼ごっこを止めて、こちらを見て立っている。

彼らの顔は影になって暗く、表情が見えなかった。

どきり、としたのはほんのわずかの時間、次には子供たちはわっと声をあげ、また鬼ごっこに戻った。

（おりんさんの不安が移ったのか？）

そのときひやりと冷たい手が多聞の手に触れた。青だ。

「帰りましょう」

その手の現《うつつ》の感触にほっとする。

「ああ」

多聞は一度大きく呼吸をして、家へと足を向けた。

夜遅く、厚仁が干物を手にやってきた。その姿を見たとたん、青は狐に戻ってざるに入ってしまった。尻尾をぐるりと体に回し、鼻先を埋める。

一言も口はきかないぞというその態度に、多聞は苦笑するしかない。

「今日、花房って料理屋に行ってきた」

厚仁が花吉の店の名前を出したことに多聞は驚いた。自分たちが花房に行った話をしようと思っていたからだ。

「それじゃあおまえもきごしょうであたりをつけたのか？」

「きごしょう？　ああ、あのなぞの食い物か」

厚仁は耳だけこちらに向けている青を見ながら言った。

「そうじゃねえ。実は今日の昼間、花房の女中が訪ねてきてよ、このところ妙な男が店の周りをうろついているって言ってきたんだ」

「妙な男だって？」

「ああ、おまきが死んだ日、その日あたりからって言うんでさ、花吉に心当たりがねえかって聞きにいったんだが」

首を横に振りながら愚痴る。

「なんにも知らねえってさ。嘘ついているふうでもないんだが……なんか俺の勘がひっかかるって言ってんだよ」

多聞は狐に向かって「青」と声をかけた。

「先のこと、厚仁に話すぞ。いいか？」

青は反応しない。こちらを向いていた耳がぴょいと壁の方に回転した。

止めなかったということはいいのだろうと、多聞は厚仁に花房に行った話をした。

「花吉がおまきを知ってただあ？　しかも橋本屋の女将と知り合いだったたって!?」

案の定、厚仁は飛び上がって驚いた。

「知り合いといっても嫁ぐ前だ」

「五年前か！」

厚仁もその年の符合が気になったようだ。

「なのにおまきのことを尋ねたときに知らんぷりしたっていうのか。こりゃあ絶対なんかあるな。しょっぴいて聞いてみるか」

多聞は慌てて立ち上がろうとする厚仁の腕を引いた。

「厚仁、花吉は苦労して店を開いたところだ。捕り物になったら悪評が立って店どころじゃなくなる。前に食中りで親が店を潰しているんだ。だから、そこは配慮してやってくれ」

「ああ？　下手人かもしれねえやつにそんな気を配れるか！」

「多聞先生、無理ですよ。板橋の旦那にそんな器用なまねは出来やしません」

冷ややかな声がかけられ、見ると青が人間の姿でざるのなかに腰を下ろしていた。

「がさつな同心じゃ繊細な京料理もわかんないでしょう。向こう三軒両隣に聞こえるような大声で入り口を叩いたりするんです。あそこはいい店だったのに、ああ、ああかわいそうに、板橋の旦那のせいで潰れちまうんだ」

「なにおぅ！」

厚仁のどなり声に青は細い眉を額の上にまで跳ね上げた。

「おやまあ、それとも誰にも知られないようにそっと呼び出して丁寧に取り調べるなんて上等なまねができるんですかい」

「おお、やったろうじゃねえか！」

鼻から荒い息を吹きだす厚仁に、青は変わらぬ冷淡な顔で、

「ほう、武士に二言は」

「ねえっ！」

そこまで言って厚仁は樽《たる》いっぱいの苦虫を嚙《か》み潰したような顔になった。

青はにやりと笑う。多聞は苦笑を深くして、厚仁の肩を叩いた。


決して花吉に対して無体な取り調べはしない、と厚仁が約束した日から二日ほど経った日の夕方、多聞は思いがけない人物の訪問を受けた。

おりんである。

おりんは青白い顔に玉の汗をいっぱい浮かべ、必死な形相で武居庵の戸を叩いた。

「武居先生、お願いでございます。この子を診てやってくださいまし！」

おりんが連れてきたのはおまきの子供の爽太だった。

この日はもう診療を終え、源治郎も早めに帰ってしまっていたのだが、多聞はすぐに診療所を開けた。

源治郎の代わりに青が人の姿をとって助手を務める。万が一多紀がやってきたら、急に薬が入り用になって呼んだと言っておこうと考えた。幸い多紀は現れなかったので、あとから二人して胸をなで下ろした。

診療室の床の上にぜえぜえと荒い呼吸をしている爽太を寝かす。おりんは枕もとに座ってたもとを揉みしだいた。

「今日、ようやく源妙寺へ行っていいと旦那さまにお許しをいただいたのです……」

おりんは子供用の古着やおもちゃをたくさん用意して、弾む気持ちで源妙寺に行ったという。

爽太は三度ほどしか会っていなかったが、おりんのことを覚えていた。

「おばちゃん、おっかちゃんは？」

そう聞かれて涙を隠すのがつらかったとおりんは涙ぐむ。

「お寺の子供たちはみんな元気で、お遊戯したりお話をしたりして一緒に遊びました。それが夕方になった頃、爽太ちゃんがぜえぜえと荒い呼吸《いき》をしだして……」

額に手を当ててみたが熱はなく、冷たい汗をかいていた。力もはいらないようで、ぐにゃぐにゃと頽れる。苦しそうな息に矢も盾もたまらず、爽太を抱いて駕籠に飛び乗り、ここまで走ってもらったのだという。

その話を聞きながら、多聞は爽太の具合を診た。

「爽太は喘息があるんです。前もおまきさんが同じように大慌てで運びこんできました。今蒸気で薬を送り込んでいます。じきに楽になりますよ」

多聞が言うとおりんは「はああ」と大きく安堵《あんど》のため息をついた。青はそんなおりんの顔を団扇《うちわ》であおいでやる。

「そういえばおりんさんも子供の頃は喘息の気があったんですよね」

多聞はおりんにお茶を勧めて言った。

「はい、そうです。あたしは幸い一〇をすぎる頃にはあまり咳をしないようになりましたが……」

おりんは汗をかいている爽太の額を手ぬぐいで押さえた。

「だから苦しいことはよくわかるんです。かわいそうに、爽太にはなんの罪もないのに。なぜこんな病ばかり似てしまったのか」

おりんの声は小さく聞きづらかったが、多聞はその言葉で、今までの考えが切り絵を当てはめるようにぱちんと形になるのを感じた。

「おりんさん。もしかして爽太はあなたの子では」

おりんはぱっとこちらを振り向いた。その顔は、――恐ろしい形相だった。目は零《こぼ》れんばかりに見開かれ、深く暗い淵《ふち》を覗き込むような、そしてその淵から得体の知れぬものが現れるのを知っているかのような、そんなまなざしだった。

「おりんさん――」

おりんは物も言わずに爽太を布団から抱え上げると、そのまま突進する勢いで戸口に向かった。

「おりんさん、待ってください！」

立ち上がろうとした多聞の腕を青が摑んだ。

「爽太がおりんさんの子、ですか!? だとしたらその父親は――」

「おそらく花吉だ」

「そうか、それで全部つながります」

多聞と青は立ち上がっておりんを追った。


おりんは眠っている爽太を抱きかかえ、草履も履かずに夜の道を走った。

来たときはまだ夕日が残っていたが、今は月だけが夜を照らしている。見たこともないほど大きな月で怖いくらいに明るかった。

その月の光がおりんを照らす。白い道に月が作った自分の影が長く伸びた。

腕の中の爽太の頬が白く輝いている。丸くあどけない頬。赤いぷっくりとしたかわいらしい唇、閉じた目のまつげが長いのはきっとあの人に似たせい——。

ああ、月が、月の光がこんなにも罪の形をくっきりと映し出す。

「あっ！」

つま先に鋭い痛みが走った。とがった石を踏みつけたらしい。転びそうになったが抱いている爽太だけは守らなくては。

おりんは爽太の頭を両手で抱え、膝から倒れた。

「……爽太、大丈夫……っ？」

爽太は気づかず眠っている。ほっとしたおりんの目の前で、自分の黒い影がぬうっと立ち上がった。

「え……」

その影は髪を振り乱した女の姿をしていた。ぼろぼろの着物を着て、手足が長くてその先にはとがった爪が伸びている。

「う、うそ」

夢の中で追いかけてくる鬼だ。近頃は夢の中だけじゃなく、廊下の暗がりに、部屋の隅に現れこちらをじっと睨んでくる。その鬼が今また目の前に立っていた。

「いや、……いや、あっちへ行って」

おりんはじりじりと下がった。膝が地面にこすれて痛い。だがこの鬼に捕まったらどんな目にあわされるかわからない。

鬼は手を伸ばす。

その手の平がぱっくりと裂け、口になった。唇はなかったが、歯も舌もある口だ。


——こぉとろ　ことろ……

手の口が歌い出す。

——こぉとろ　ことろ……どのこをとろう……


「やめて！」

おりんは爽太をきつく抱きしめた。

鬼のもう片方の手にも口が現れ、同じ歌を歌う。

――こぉとろ　ことろ……そうた……とろぅ……

「やめて！　もうあたしからこの子をとらないで！」

鬼が近づいてきた。影で真っ黒だったその顔が月の光に照らされる。

その顔は――口のないおりんの顔だった。

手が振り下ろされ、鋭い爪がおりんの着物を引き裂く。柔らかな皮膚まで到達して血しぶきがあがった。

「きゃあああああっ！」

「おりんさん！」

駆けつけた多聞と青がおりんの前に立ちはだかった。おりんはひいひいと恐怖の混じった呼吸をして、二人の間から鬼を見ている。

「子とろ鬼……子とろ鬼が……」

おりんは息も絶え絶えに言った。

「助けて……爽太がとられてしまう」

「大丈夫だ！　必ず守る！」

多聞は爽太を抱いてうずくまるおりんを励ました。

「青！　こいつはなんだ！」

多聞の前の黒い姿。口のないおりんの顔をしたざんばら髪の——これは鬼か？　おりんが見ていた子とろ鬼なのか。

「これは……」

青は白い髪を月光に青く輝かせながらうめいた。

「妖怪でも幽霊でもない……これは残鬼だ」

「ざんき？」

黒い女はのばした両手の口から悲しげな声をあげた。

「後悔が、未練が、罪の意識が……暗い念と一緒になったもの。つまり作り出しているのはおりんさん自身。こいつはちょいとやっかいな相手ですよ」

黒い女は泣きながら月に顔を向ける。その姿は見ているうちに薄くなり、やがて消えてしまった。

「消えた……」

あとには傷つき失神したおりんと、眠っている爽太だけが残されていた。

「残鬼は人の心が作り出すもの。だからとらえどころがない。その場にとどめておくのが難しいので倒しにくいんです」

青はすぐにしゃがんでおりんの様子を見た。着物は血に濡れていたが傷はそう深くなさそうだ。

「しかしあの鬼はおりんさんが作り出したものなのだろう?!　なぜ自分自身を傷つけるんだ、自分が死んだらどうするつもりだ!」

「ひどい後悔は自分自身を傷つけるものなんですよ」

青はおりんの腕から爽太を抱き上げた。

「先生、おりんさんの治療を」

「わかった」

多聞はおりんを抱え上げた。ひどく軽い。食事をとっていないのかもしれない。その頼りない重み自体が彼女の悲しみの重みのようだった。

四

多聞が診療所でおりんの手当てをしていると、浅草から橋本屋の主人が駆けつけた。源妙寺へ行ったおりんが戻ってこないので人をやると、爽太を連れて本所の武居庵へ行ったと教えられた。帰りを待っていたが、なぜかとても不安になり、来てしまったという。

「虫の知らせとでも言うのでしょうか。来てよかった」

市太郎は青い顔で診療室に横たわるおりんを見つめながら言った。

「しかし本当に鬼が現れておりんを傷つけるとは……」

「信じていただけるのですか？　橋本屋さん」

市太郎は太い眉を下げて困った顔をした。

「信じることはむずかしいが、現実におりんは怪我をしている。残鬼、でしたか。それはおりんの罪の意識とおっしゃいましたね。私は生きているだけでつらくて自分で自分を傷つけていた人を知っています……だから……」

「橋本屋さん」

市太郎は多聞から目をそらし、おりんの顔を見つめた。

「私の母なんですよ。心を病んで遠くへやられてしまった。私が覚えているのは自分の髪を抜きながら呪いの言葉を呟いていた姿ですが……」

「橋本屋さん、お茶をどうぞ」

青が温かい茶を市太郎に差し出す。

「暑い夜ですが、冷たい水より温かなものを少しずつ腹にいれるほうがいいんです」

「ありがとうございます」

市太郎は茶碗を両手で抱え、ゆっくりと飲んだ。

「私はおりんを母のような目には遭わせたくない……おりんが話してくれるのを待っていましたが、もしかしたら私のそんな態度がおりんを追いつめたのかもしれません」

市太郎はぎゅっと両手で茶碗を包んだ。

「私はなにもかも知っていたのです」

おりんは青ざめた顔で眠り続けている。

「おりんが私と一緒になる前に花ぶきやの花吉さんとおつきあいをしていたこと、そして子供を身ごもったこと……」

「そうだったんですか」

「花吉さんは結局京へ行ってしまいました。子供のことを知っていたのか知らなかったのか、それはわかりませんが、おりんは一人残されてしまった。心細かったでしょう。そんなおりんを守ったのは世話係のおまきさんだけでした」

「うう」とおりんは呻いたが目は覚まさなかった。

「……しかし、おりんの両親は――山嵜屋さんはおりんに子供を産ませたあと、その子をとりあげおまきさんに預けてしまった。そしておまきさんを辞めさせておりんから遠ざけた。私に嫁がせるために」

「どうしてそんなことまで……」

「聞いたのですよ。おまきさんの別れた旦那だという男に」

おまきが大喧嘩して別れたという最初の夫か。

市太郎はそう聞いた多聞にうなずいた。

「そいつの狙いは金でした。そんなことが公《おおやけ》になればおりんが人様から後ろ指をさされる。私はおりんを守りたくて、金を払いました。おりんを憎くは思わない。でも話してくれないのが悲しかった。話してくれればおまきさんから子供を引き取ってもいいと思っていたんです。でもそのまえにおまきさんが死んでしまった……」

市太郎はおりんの隣で眠る爽太に優しい目を向けた。

「よく似ている。寝顔がそっくりだ……」

「橋本屋さん――」

市太郎の目には涙が浮かんでいた。

「おりんが起きたら話をしてみます。その子を引き取ればおりんの心から後悔と罪の意識が消えますよね。そうしたらもう鬼がおりんを傷つけることはありませんよね」

「ええ、そうですね」

多聞は青を見た。青もうなずく。

「おりんさんとたくさん話をしてください。話を聞いてあげてください。俺たちが見た残鬼には口がなかった。決して口にしてはならないという思いがあの姿を作ったのかもしれません」

「はい……」

市太郎は今夜このまま診療所に泊まると言った。多聞は市太郎のために診療室の床に布団をのべた。

子供をはさんで三人、川の字で寝る。市太郎は手を伸ばして爽太のはねのけた布団を直してやる。

自然なその姿に多聞は微笑んだ。市太郎がいればきっともう残鬼は出てこないだろう。

「おやすみなさい」

行灯の明かりが消えても、診療室の格子の窓からは月の光が入ってくる。その四角い光が三人を柔らかく照らしていた。

翌朝、ようやく目を覚ましたおりんは、市太郎がいるので心底驚いた顔をした。しかも二人の間には爽太が眠っている。

「おりん、あとで大事な話がある」

市太郎は穏やかな調子で言ったが、おりんの表情は陰ったままだった。

多聞は自分の部屋に朝食を用意し、市太郎とおりん、そして爽太を呼んだ。これから患者もくるだろうからそんな中で話をさせるわけにはいかない。

一度自宅へ戻そうかとも考えたが、おりんの胸の傷のこともあり、もう一晩泊める予定だった。

爽太は山盛りのご飯をかきこむようにして食べ、よくしゃべり、よく笑った。市太郎はにこにことその話を聞いている。おりんの顔色だけが悪い。

多聞も落ち着かなかった。診療でいなくなるとはいえ、このままこの部屋に三人を置いていっていいものなのか。

そんな空気をかき乱すように、バタバタと乱暴な足音が近づいてきた。

「よけいなやつがきた」

チッと青が舌打ちをする。その言葉通り、厚仁が庭に飛び込んできたのだ。

「多聞！　花吉が白状しやがった！」

厚仁は大声でそう言うと、縁側に倒れ込んだ。

「おまきを殺したのは自分だと……えっ、なんだ、この状況⁉」

厚仁は多聞と青の他におりんと市太郎、そして爽太がいるのに目を丸くした。

ガチャンとおりんの膳の上で茶碗がはねる。おりんは呆然《ぼうぜん》と同心を見上げた。

「花吉さんが……？」

「厚仁、ちょっと診療所の方へ回れ」

多聞は立ち上がって厚仁の腕を引っ張った。目を覚ましたばかりのおりんに負担はかけられない。

「板橋の旦那はほんと、間が悪い」

青のつぶやきに厚仁はたちまち反応する。

「なんだとぉ！」

「いいから、あっちに……」

多聞が厚仁を引っ張っていたとき、市太郎のうろたえた声がした。

「お、おりん、どうしたんだ……！」

おりんの体が小刻みにふるえている。その顔は昨日、爽太のことを聞いたときと同じ表情だった。

「おりんさん、だめだ……っ！」

多聞が腕を伸ばそうとした瞬間、おりんの膝の前にあった影が大きく伸び上がる。

「うわあっ！」

市太郎の悲鳴があがった。今、部屋の中いっぱいに黒い影が広がり、それはたちまち鬼の姿となった。爽太もけたたましい悲鳴をあげる。

「子とろ鬼……残鬼！」

青がその姿を睨みつける。

口のない鬼は両手の口を大きく開き、咆哮《ほうこう》を上げた。その声は泣き声にも聞こえた。

「おりんさん、落ち着け！」

鬼の叫び声の中で多聞が叫んだ。だがその声はおりんに届いていない。おりんは耳をふさいで畳の上に頭を擦りつけていた。

「花吉さんが！　花吉さんがあああっ！」

「な、なんだこりゃあっ！」

厚仁は庭で腰を抜かしている。刀にも触れることができないようだ。

「お、おりん！」

市太郎がそれでも妻の体を抱き起こそうとする。子とろ鬼の爪が市太郎の体をかすめる。

「橋本屋さん！　おりんさんをしっかり抱いて！」

青が叫んだ。

「あんたと爽太でおりんさんの心をここへとどめるんだ！」

市太郎は返事する間もなく、そばの爽太も抱え、おりんを抱きしめた。

「おりん！　おりん！　大丈夫だ、私がいる、私がいるよ！」

市太郎が叫ぶ。

「あのときおっかさんに言いたかった、私がずっといるって！　私だけはおっかさんの味方だって……っ！　もう私は逃げたくない、おまえには私がいるよ、おまえも鬼なんかに逃げないでくれ！」

多聞は文机の下から白銀の小刀を取り出した。

「青、斬っていいか!?」

「はい、今なら――」

黒い鬼の影は部屋の中で荒れ狂い、その長い爪で障子を裂き、壁に傷をつけた。首をひっこめた厚仁の頭の上を払って泣いているおりんの顔めがけて腕を振るう。

「あたしのせいで……っ」

おりんは叫ぶ。

「あたしのせいで花吉さんが……、あたしなんか、死んだほうが……っ」

「あんたが死んだら爽太はどうなる！」

多聞は叫ぶと鞘を払った。一瞬、鬼の腕が止まる。

「あんたを愛する人たちはどうなるんだ！」

退魔の刀が鬼の両腕を斬った。鬼はのけぞり、悲しい咆哮を放つ。その開いた胸に、青が爪を伸ばした手刀を叩きいれた。

瞬間、鬼は細かな黒い泡のようになって消えてしまった。

「青！」

突進した勢いあまって、青は縁側から庭に転がり落ちる。多聞は青に駆け寄った。

「大丈夫ですよ」

青は体を起こすと右手を上げた。その爪の先に光を放つ小さな玉が刺さっている。

青は口を開けるとその光を飲み込んだ。

「よかった、無事だな」

「はい」

青は多聞には笑顔を向けたが、一転、腰を抜かしている厚仁をじろりと冷たく見た。

「このことを言いふらしたら、俺は旦那が腰を抜かしっぱなしだったと言いますからね」

「な、なんでこんな朝っぱらから化け物が……なんなんだよ、今のは」

「あとで話す。それより」

多聞は部屋に戻り市太郎の腕の中にいるおりんの様子を見た。おりんはちゃんと目を開けて夫と子供を見ている。

「旦那さま……」

「おりん」

「おばちゃん、だいじょうぶ?」

おりんはぽろぽろと涙をこぼした。

「花吉さんは悪くないんです、あの人はあたしのためにおまきさんを……」

そう言って爽太を抱きしめ泣き出す。

「ごめん、ごめんね、爽太ちゃん」

ようやく体を動かせるようになった厚仁が縁側に上ってきた。

「いったいあんたはなにを知ってるんだ、おりんさん」

這うようにして部屋の中にあがる。

「花吉は確かに白状した。花房でおまきを殺したのは自分だと。だけど俺にはあいつが誰かを庇《かば》っているようにしか思えないんだ。花吉はあんたを庇っているのか?」

「花吉さんは……」

おりんは市太郎の胸から顔をあげ、泣きじゃくりながら言った。

「あたしとおまきさんを花房に呼びました。あたしは具合が悪くて出かけるのが遅くなって……花房について部屋に入ったときにはおまきさんが死んでいたんです。あたしは花吉さんがおまきさんを殺したと……そのあと気を失ってしまって……」

「ちょっと待て」

厚仁は両手を上げた。

「じゃああんたは花吉がおまきを殺したところは見てないんだな？」

「は、はい。でも部屋には誰も……」

「部屋の様子を思い出せますか？　おりんさん」

「は、はい。おまきさんが大の字で倒れてて……とっくりや皿がひっくり返っていて……」

おりんの言葉に厚仁も多聞も青も、顔を見合わせるだけだった。


花房の一室に多聞と青、市太郎とおりん、そして厚仁に連れられて花吉が来ていた。この場所で話を聞こうと言ったのは多聞だった。

「おまきさんが死んでいたのはこの部屋だったんですね？」

多聞はおりんに聞いた。おりんは今にも気を失いそうな顔で市太郎に寄りかかっている。市太郎はしっかりと妻の体を支えていた。

「花吉さん、あなたはおまきさんを殺したと白状した。それは本当なんですか？」

「それは……」

花吉は、ちらりと正面に座るおりんを見て頭を下げた。

「本当です」

「は、花吉さん……」

おりんがか細い声をあげる。

「どうしてそうなったのか話してもらえますか？」

「しかし……」

花吉はとまどった顔でおりんと市太郎を見る。それに市太郎は緊張した顔をしながらも穏やかに話しかけた。

「大丈夫です、私は全部知っていますから」

「……そうですか」

花吉はうなずいた。厚仁の方に膝を向けると拳を置いて背筋を伸ばす。そうすると生来の色男ぶりが際立った。

「同心の旦那にも申し上げましたが、私がおまきさんを殺しました。おまきさんは私が爽太の父親だと知って金を無心にいらしたのです。爽太は体が弱い。それを助けるために医者にも通っていたが、最近とてもよく効く祈禱所《きとうじょ》を見つけたのでそこでご祈禱を受けたい、それにはまとまった金がいると」

「おまきさんが……」

おりんは信じられないというように首を振った。

「おまきさんはたぶん爽太のために必死だったんです」

花吉は切ない表情を浮かべた。

「なににでもすがりたかったんですよ」

「だったらあたしに言ってくれれば」

「おりんさんから出るお金は橋本屋さんのお金でしょう？　大金は自由にならないだろうとおまきさんが言ってました」

その言葉におりんはうなだれる。

「おまきさんはこれっきりだからとも言ってました。必死な様子に私も断れませんでした。なにより——自分の子供のことです」

花吉は畳に手をついておりんに頭をさげた。

「申し訳ない。私は恥ずかしながらあんたに自分の子が宿ったのを知らずに京へ行ってしまった。そのあとあんたがどれほどつらかったのかも知らずに」

「花吉さん……」

「あんたとおまきさんへの罪滅ぼしの気持ちもあって、おまきさんにお金を渡そうと思ったんです」

「いいえ、いいえ！」

おりんはぶるぶると頭を振った。

「あなたのせいじゃありません。あたしだって気づかなかったんです。子供が腹にいることを知ったのは、お別れしてだいぶ経ってからでした」

　最後には泣き声になった。

「おりんさん……」

　二人の間に甘く切ない視線が流れる。その情を裂くように、厚仁が無遠慮に言った。

「それで、なぜここへ女を二人も呼んだんだ？」

「お金を渡すだけじゃなく、おりんさんとおまきさんに私の料理を食べてほしかったからです」

　花吉はきっぱりと言った。

「すべてを捨てて京へ行って、曲がりなりにも店の主人となって新しい出発をしようと思った。そのために私のせいでつらい思いをさせてしまったお二人に心から詫《わ》びたいと思ったんです。私にできるのは料理を作ることだけだったので」

「そりゃあ立派な心がけだが……そこまで考えててそれでどうしておまきを殺すことにしたんだ？」

「そ、それは……」

　花吉は今までの堂々とした態度とはうって変わってうろたえだした。

「それはその……おまきさんの顔を見たら急に考えが変わって」

　しどろもどろになるその様子は、誰もが明らかにおかしいと感じる。

「どうやってですか？」

多聞は落ち着いた声で尋ねた。

「え？」

花吉は驚いた顔をあげた。

「俺は検分したのでどうやっておまきさんが死んだのか知っています。あなたは自分が殺したのだから当然知っていますよね？」

「そ、それはその……えっと……」

花吉は目線をあちこちに飛ばした。

「あ、そ、そうだ。柱、柱に頭をぶつけて死んだんです」

花吉は部屋の柱を指さす。血は拭い去られたのか、あとはまったく見えない。

「どうやって頭をぶつけたんですか？　強く突き飛ばして額を割った？」

「そ、そうです」

「……頭の傷は後ろでしたよ、花吉さん」

青がこそりと言う。花吉は青を見て、それからもう一度多聞を見上げた。

「うう、後ろです。頭の後ろをぶつけて」

「自分のしたことを覚えてないんですか、花吉さん」

そんな花吉の様子に多聞はため息をついた。

「そもそも殺そうと思っていたなら料理人のあなたなら皿に毒でもいれればいい。部屋の中で大立ち回りなんて似合わないですよ」

「そ、それは……」

「あなたはおまきさんとおりんさんをこの部屋に呼んだ。五年ぶりに懐かしい人と会うので腕を振るったはずです。でもおりんさんは時間になっても来なかった。あなたはおまきさんに待ってもらうため、とりあえずお酒とつまみを出したのではないですか？」

「え？　は、はい。その通りです」

自分ではっきり答えられる問いに、花吉が安堵した顔になった。

「出したのはきごしょう？」

「はい、それとしじみの身を煮たものを」

青が厚仁に目線を向ける。厚仁は悔しそうな顔をした。

「それでしばらくしておりんさんも来た」

「はい……」

なにを聞かれているのだろうと、花吉は不安そうに答えている。

「案内したのは女中さんですか？」

「いいえ、この日は女中たちには遠慮してもらい、全部私がひとりでやりました」

「おりんさんを部屋まで案内したのですか？」

花吉は一瞬息を呑み、それから首を振った。

「いえ、おりんさんには部屋だけを示して私はすぐ板場に戻りました。鍋の火が気になっていたもので」

「そのとき、一緒に部屋にいけばよかったのに」

青がやれやれというように肩をすくめた。

「ひとりでおまきさんの待つ部屋にいったおりんさんがなにを見たと思います？」

「え……」

「おまきさんが死んでたんですよ」

「ええっ！」

「おまきさんの死体を見たおりんさんは恐怖で混乱してしまった。それで気絶した――目を覚ましたときにはおまきさんの死体はなく、あなたがいた。もう大丈夫だと花吉さんが言ったと、おりんさんは言いました。それでおりんさんは信じ込んでしまった、あなたがおまきさんを殺したと」

「う、うそだっ！」

花吉は悲鳴のような声をあげた。

「で、では、おまきさんは――おりんさんに殺されたのではないのですか!?」

「そ、そんな」

おりんもまた両手を顔に当て、目を見開いた。

「花吉さんが殺したのではないの⁉」

「お二人とも間違えておられる」

多聞は混乱する二人に大きな声を出した。

「おりんさんは花吉さんが自分のために秘密を知っているおまきさんを殺したと思い、花吉さんはおりんさんがやはり自分のためにおまきさんを殺したと思いこんだ。おりんさんは沈黙を選び、花吉さんは罪をかぶった。けれどどちらも間違いなんだ。花吉さん、もう一度聞きます。あなたは本当におまきさんを殺したんですか？」

「――いいえ！」

花吉は腰を浮かせて叫んだ。

「私じゃない、私は殺してない。死体を隠して運んだだけです！」

「ああ、花吉さん！」

「おりんさん！」

二人はひしと抱き合った。目の前でそれを見せつけられた市太郎は複雑な顔をしている。

「じゃあいったい下手人はだれなんだ⁈」

厚仁が叫ぶ。それに青は冷ややかな笑みを口元に浮かべ囁《ささや》いた。

「話に出てきていてここにいない人間が一人いますよ」

「え――?」

多聞もうなずいて答えた。

「おまきさんの、元旦那だ!」


それから厚仁の動きは早かった。

小者を走らせておまきの元旦那、平太をとっ捕まえると、花房の女中に面通しさせた。すると、最近様子を窺《うかが》っていた不審な男というのが平太だと判明した。そこからおまきの死んだ日になにをしてやがったと睨みをきかせると、あっさりと自分がおまきと喧嘩をしたと白状した。

場所は花房。

実は爽太のための祈禱も平太が持ってきた嘘の話だった。祈禱のための大金を手に入れさせ、それを奪う腹づもりだったのだ。

どうやっておまきが金を手に入れるのかとつけまわしていたら、花房に行くことがわかった。

そこでこっそり店に入り、おまきに金額に関して確認しているうちにうっかり祈禱の嘘についていてばらしてしまった。

激怒したおまきと喧嘩になり、もみ合っているうちにおまきを突き飛ばし、柱に頭をぶつけたおまきが動かなくなり――。

そして逃げ出した。

ところがそのあとおまきの行方がわからない。夜に長屋ものぞいたが、帰っている様子はない。花房の人間がおまきを匿《かくま》っているのではないかと店を見張っていたのだという。

平太はおまきの死を知らなかったのだ……。

終

「それで結局どうなったんです」

青が狐の姿で縁側の下から顔だけ出して言った。日差しを避けて日中は潜っていることが多い。多聞はその鼻先に水をいれた器をだしてやる。

「爽太のことか？　最初は花吉が引き取って料理を教えると言っていたが、市太郎さんが橋本屋に引き取るってことで落ち着いたよ。あとを継ぐのかどうかは、おりんさんと市太郎さんの間に子供ができてからの話になるが」

「そうですか。まあ一番落ち着く形ですかね」

ちゃっちゃっと音をさせて狐が水を飲む。

「そういえば子とろ鬼からは薬を作れたのか？」

「いいえ、形が残りませんでしたので」

「そういうこともあるんだな」

狐のあごの下を触ると毛がびっしょりと濡れている。多聞はてぬぐいでぬぐってやった。

「言ったでしょう、やっかいだって。骨折り損の草臥《くたび》れ儲《もう》け」

「魂は回収できたのだからよいではないか」

「まあ多少はね」

青はひょいと縁側にあがって、腰を下ろした多聞の膝に頭を乗せる。

「また花房にいきましょうよ。あそこの料理気に入った」

「そうだな、厚仁も誘ってみるか」

「だから。あの馬鹿舌とは食いたくありませんって」

そんなことを言っていると厚仁が顔を出した。

「ああ、噂なんかするんじゃなかった」

青が顔を背け寝た振りをする。

「お、なんかまた俺の悪口を言っていたな」

「そんなことないよ。こんど食事にいこうと話をしていたんだ、おまえも一緒に」

「狐と一緒にいくのはなあ」

「馬鹿と一緒にいくのはねえ」

「なんだとう！」

「なんですよ」

多聞は二人の掛け合いに笑ってしまう。三人でこうやってにぎやかに笑っていられればいい。

そう願って振りあおいだ青空に、ツバメが高く飛んでいた。


そのツバメが羽を休める真新しい墓に、おりんと市太郎、そして爽太が参っていた。おまきの墓だ。二年前に亡くなったおまきの夫の丑蔵も一緒に眠っている。

小さな手を合わせていた爽太は、おりんを振りあおいで言う。

「そんでおいらのほんとのおっかちゃんはどっちなの？」

「どちらも爽太のおっかさんだよ」

市太郎は爽太の頭を撫でる。

「おまきさんはほんとうに爽太がかわいかった。おりんもずっと爽太を忘れないでいた。爽太には二人もおっかさんがいるんだ、いいなあ」

「……うん」

爽太はうなずくと市太郎を見上げて大きく笑った。

「わかったよ……おとっちゃん」

「爽太……」

おりんはたもとで目元を押さえる。

「旦那さま、あたしは久しぶりに山嵜屋に顔を出してみようかと思ってます」

おりんは市太郎に言った。

「この子の顔を見せに……。この子を取り上げられたときは親を恨みました。でも親もあたしのことを思ってのことだったんですね。おかげであたしは旦那さまに出会うことができました」

「おりん……私はあのときおまえが花吉さんと行ってしまうんじゃないかと思っていた」

「いやですよ、旦那さま」

おりんはおしろい花を思わせる切なくしっとりとした微笑みを浮かべた。

「花吉さんのことは思い出のひとつ……今はいいお友達です。あたしには旦那さまがいます。あたし、毎日毎日旦那さまが好きになっていくんですよ」

「お、おりん」

「恥ずかしいからもう言わせないでください……」

おりんは両のたもとで顔を隠した。

「わあ、おとっちゃん、顔真っ赤だあ」

爽太の無邪気な声があがる。市太郎は「こらっ」と声をあげたがそれは笑いを伴っていた。

「お義母さまのお墓参りにもいきましょうねえ」

「うん……」

市太郎は爽太と手をつなぐ。爽太の反対側の手はおりんとつながれている。

三人の影が墓地の白い道に長く落ちた。けれどその影はもう決して立ち上がったりはしないのだ。

第四話　光の花

ひかりのはな

序

「化け狐、今度花火を見に行こうぜ？」

午前中の診療を終え、自室で簡単な食事をとっていると、厚仁が顔を出した。聞き込みの途中で寄ったという。手にはよもぎ団子をぶらさげていた。

そのときは青が人の姿で多聞の昼食につきあっていた。

夏のこの時期は暑いので患者も少ないため、少しゆっくりと食べる。厚仁もそれを知っていてこの時間になるとちょくちょく寄ってきた。

「花火ですか。今の時期、しょっちゅうあがってますね」

青は厚仁に答えた。大川の両国橋付近では夏に入ってから商人や武家たちが気に入りの花火師に派手に花火を打たせている。

「ああ、船遊びなんて豪勢なことはできないが、川原でねっころがって酒を飲みながら見るのもオツだぜ」

「それは誘ってくださってるんですか、板橋のだんな」

「まあな。狐が花火を好きなら、って話だが」

厚仁はにやにやしながらからかう口調で続けた。

「どーんって鳴るからびっくりして尻尾が出てしまうかな」

「出しませんよ」

「そういえば青は母上に驚いて耳を出したことがあったな」

笑いながら言う多聞に青はむうっとふくれた。

「あれは――母君が突然現れるから」

「ああ、多紀どのは足音たてずに現れるよな、あれは心ノ臓に悪い。俺だって余計なものを出しそうだ」

「うむ、俺も毎回驚く。あれはどういう歩き方……」

「同心さまと薬屋さんが医者の家でおしゃべりですか」

突然とがった声を投げつけられ、多聞は呑んでいた茶を吹きだし、青はだんごをのどに詰まらせ、厚仁は縁側から滑り落ちた。

「は、母上！」

「なんですか、おばけでも見たような顔で」

「い、いえ。なんのご用ですか」

「食事をとってるだけだと思っていたのに賑やかでしたから覗いてみただけですよ。

こんなにお客様がいらっしゃるなら江戸川屋のくず饅頭でも出しましょうか」

「い、いいえ、けっこうです。もう診察に戻ります」

「そうですか」

多紀は厚仁と青に冷たい目を向ける。厚仁はようやく起きあがってばたばたと着物の泥を払い、青はあわてて縁側から飛び降りて菅笠をかぶった。

「多紀どの、ごきげんよう」

「おじゃましております、多紀さま」

多紀はすっと顔を廊下へ向けるとそのまま場を離れた。姿が見えなくなって三人は大きく息をつく。

「ほんっとに心ノ臓に悪いよなあ」

厚仁が胸を押さえる。青は菅笠の下で耳が出なかったか頭を触っていた。

「すまないな、二人とも」

多聞は申し訳ない顔をして謝った。

「大川の花火、日取りが決まったら教えてくれ」

「ああ、楽しみにしてろよ——化け狐もな」

厚仁はそう言うと、着物の裾をまくってそそくさと退散した。

一

月のない、まっくらな原を闇よりも黒いものが駆ける。そのあとを追うものも返す光がないため黒く見えた。

あたりには人はもちろん野の獣の気配もしない。虫たちも怯えて翅《はね》を畳んでいるようだ。ただ、草の海をかき分ける音がするだけだ。

「ギャアッ」

低い悲鳴があがった。草の波が激しく揺れ、その場でなにものかが激しくのたうっているようだ。

それを傷つけたものがゆっくりと顔をあげた。見るものがいれば銀色の狐だと思うだろう。青だ。青は薄い色の目を前足で押さえつけた相手に向ける。

「さあ、終《しま》いだ」

青は大きく狐の口を開けた。地面に縫い止められていた長い嘴《くちばし》を持ち、人のような目と頭を持った獣は哀れっぽい悲鳴をあげた。

「た、助けてくれ！　もう人間を襲ったりしない！」

仰向けになった獣は降参のつもりか、蟹の鋏《はさみ》に似た両手をばったりと地面に落とした。体は紙のように薄く、先は細くなりびくびくと動いている。異様な姿だ。

「だめだ。お前はもう十人は人間を食っているだろう」

「もう食わない、川でおとなしく魚をとっている！」

「だめだ」

青は言うなり相手ののどに食らいついた。

「た、助けてくれたらいいことを教えてやる！」

向こうも必死だ。鋏のついた手をじたばたと動かして叫んだ。

「狐だ、九尾の狐の話だ！　聞きたくないか!?」

その言葉に青は牙をめりこませる力を緩めた。

「九尾の狐だと」

ゆっくりと相手の首から離れ、舌で血をなめとる。

「どういうことだ」

「た、助けてくれるか!?」

「話次第だな、網切《あみきり》」

青は前足で相手の胸を押さえつけながら言った。

「あ、あんたは九尾の狐の一尾なんだろう？」

網切は怯えた様子でささやいた。

「ほかの尾の狐のことを知りたくないか？」

「……知っているのか？」

「知ってる。俺はつい昨日それを見たんだ」

青は網切の胸から足をおろす。

「どこで見た」

「大川の先だ。ずっと先、千住の方だ」

網切は反転し、両手を地面についた。いつでも逃げられるように頭を低くする。

「狐ともう一体、知らない化け物がいた。二体で話していた。医者が必要だと言っていた」

「……医者」

青の目がすっと細くなる。

「聞いたのはそれだけだ、俺はおっかなくて逃げ出した。姿を見てるだけで全身の毛が逆立つくらいだったからな……じゃあ俺はいくぜ。もう人間は襲わない、誓う」

言うなり網切は素早く草を潜って消えてしまった。あとには血のあとだけが残された。あの傷では癒えてもうまく体は動かせまい。

青の中からはもう網切のことなど消えていた。

（九尾の一尾がまた江戸に来ている。何本目だ？）

そして何より重要なことは。

「……医者」

いやな予感に襲われ、青は月のない空に顔を向けると流星のように夜の原を駆けだした。


「う……む」

泥沼で溺れる夢を見ていたような気がする。

武居多聞はひどく重いまぶたをなんとかしてこじ開けた。

ところが目を開けてもなにも見えない。湿気とかびの臭いがするばかりだ。

「気がついた？」

どこからか声が聞こえ、その方向がぽっと明るくなった。

弱々しい行灯の明かりだ。そのそばに誰かが座っている。

多聞は起きあがろうとして、身動きがとれないことに気づいた。どうやら胴に縄を回され、後ろ手に縛られているらしい。

「ここ、は」

考えようとすると頭が痛む。多聞は目を細め、行灯の横の人物を見た。青い縞《しま》の着物を着た女のようだ。

その着物の柄を見て思い出した。そうだ、あの着物を着た女が橋のそばでしゃがんでいたのだ。

幼なじみの同心、板橋厚仁の母親の具合を診に行った帰りだ。厚仁の母親、世津《せつ》は岩《がん》（腫瘍）を患っていたのだが、青の作った薬でその岩を小さくすることに成功した。前は腹に触れるとはっきりとわかるくらい大きかったのだが、最近はまったくわからない。世津も食欲が出て少しずつ肉もついてきていた。

この分なら秋には布団から起きて外歩きもできるようになるだろうと、楽しく話をした帰り道。

具合が悪い様子でしゃがみこんでいた女に声をかけた。すると女は「急に腹が痛んで……」と訴えた。もっとよく診ようとかがんだ多聞に女はその白い顔を向けた。

ぞっとするような艶《なま》めいた顔をした女で、真っ赤な唇をしていた。その紅を塗った口が顔全体を隠すほどに大きく開いたかと思うと、「カアッ」とものすごい臭気を吐きかけられた。一呼吸で多聞は意識を失ったのだ。

その女だ。

女はニタニタと崩れた笑みを浮かべている。

「なにものだ」

多聞はなんとか腹の力を使って体を起こした。

光の届く範囲でしかわからないが、建物の中のようだった。長持ちや行李《こうり》が無造作に積まれている。天井は高く、上の方に小さな窓があった。蔵の中かもしれない。

床は板張りで、身動きするたびにぎしりみしりと音がする。

女はもたれていた壁から身を起こすと、体を揺らさない動きですうっと多聞に近づいてきた。

女の細腕が多聞の縄を摑む。と、まるで荷物のようにずるずると引きずられた。

あの臭い息といい、この怪力といい、女は人間ではないのだろう。

「よせ、立たせてくれれば自分で歩く」

多聞は身をよじって言ったが、その嘆願は聞かれず、蔵の奥へと運ばれた。

奥の方にも行灯があり、淡い光を周囲に投げかけている。

そこには寝台があった。

長崎で異人たちが使っているのを見たことがある。脚が四本ある箱の中に布団を敷き、使わないときも出しっぱなしにできる。

その寝台の中に誰かが寝ていた。

女は多聞を寝台のそばまでひっぱってくると、ようやく立ちあがらせてくれた。

多聞は寝台に寝ている人物を見て驚いた。青、かと思った。

白磁のような白い肌に、敷布の上に流れる長い薄茶の髪、細面の輪郭の中に絵に描いたような美しい貌があったのだ。それは青に似ていた。男とも女ともつかない繊細な美貌は、菩薩像を思わせた。

「これは――この方はどなたですか」

「主《あるじ》さまだ」

女が隣に立って囁く。

「あんたにこの方を治してほしいんだ」

「俺が？」

「この方はもう百年、患ってらっしゃるんだ」

「百年……!?」

そのとき、横たわる菩薩像のまつげがふるえてゆっくりと目が開いた。やはり青によく似た薄い色の瞳だった。

「……武居多聞、か」

彼は低く柔らかな声で言った。

「吾《あ》を助けたまえ……」

「あなたはどなたですか？　あなたは――人ですか？」

奇怪な女を配下にしていること、なにより人間離れした美貌に思わず問うた。

「いいや」と生ける菩薩像は答えた。

「吾はあやかし。千年前にこの国にきた九尾の狐、その尾の一本、七本目なり」

「なんですって!?」


板橋厚仁は『はすの屋』という小料理屋に来ていた。

数日追いかけていた押し込みの一件、悪党どものねぐらをつきとめての大捕り物を終え、祝杯をあげていたところだった。

仲間の同心たちと一緒に何度も杯を重ね、他の客も巻き込んでのどんちゃん騒ぎ。上機嫌の厚仁だったが、番屋で留守居をしていた老人がやってきて話した内容に酔いが醒《さ》めた。

「武居多聞どのの母上さまがいらしてます。板橋さまにお話があると」

「た、多紀どのが!?」

番屋まではさほど遠くない。行かなければきっと多紀はここまで来てしまうだろう。

厚仁は仕方なく仲間たちに断って店を出た。

「多紀どのが何の用だ」

多聞に関係することには違いない。もしかしたら青の正体を知ってどうにかしてくれと言いにきたのか、それとも最近ちょくちょく多聞を仕事に巻き込んでいることに文句を言いにきたのか。

「そりゃ多聞にはいつも頼りっぱなしだが、俺だって多少は多聞の役に立って……は、いないか……」

ぶつぶつと言いながら番屋へ向かう。せっかくの酒が冷や汗となって抜けていった。

「……ええっと、多紀どの。板橋ですが」

開けっ放しの番屋の入り口に顔を出すと、こあがりに座っていた多紀がさっと立ち上がった。たたたと小走りに走って向かってくる。

「うわ、あの、すみません!」

思わず謝ってしまう。子供のころからいたずらをしては叱られていたための条件反射だ。

「板橋さま! 多聞が戻りません!」

多紀は厚仁の胸にぶつかるような勢いで近寄るとそう叫んだ。

「板橋さまのお宅に世津さまの様子を診に行くと言って出たきり、この時刻にも戻らないのです! なにか事件に巻き込まれたのではないのですか!?」

「え、ええ?」

厚仁は首を巡らして助けを求めたが、いるのは自分を呼びに来た老人だけだ。しかも彼は無情にもそそくさと番屋から出て行こうとしている。

「板橋さま! 多聞を捜してください!」

多紀はキンキンと頭が痛むような金切り声で叫んでいる。

「お、落ち着いてください、多紀どの。まだ四ッ(十時)ですよ、きっと多聞もどこかで酒でも飲んでいるのでしょう」

「多聞はそんなことはいたしません!」

「しかし、多聞ももう二〇をいくつも超えている立派な大人です、親に内緒で急に飲みに行きたくなるときだって……」

多紀は激しく首を振ると厚仁を遮った。

「いいえ、そういうときだって誰かに言伝《ことづて》を頼むはずです! これは事件です、早く多聞を捜してください」

「多紀どの、落ち着いて……落ち着いてください」

厚仁は何度も繰り返し、多紀の肩を柔らかく叩いた。

「私がすぐに家からの道を捜してみますから。小者たちにも捜すように言ってみましょう。ですから多紀どのはいったんおうちへお戻りください。もしかしたら入れ違いでもう帰っているかもしれません」

「……っ」

多紀は不満を言い出しそうな唇をぎゅっと結んだ。

「わかりました、板橋さまがそうおっしゃるなら……」

「家まで送りましょう」

厚仁は多紀に見えないように横を向いてほっと息をついた。

(なににしろ青や俺のことじゃなくてよかった)

自宅にはやはり多聞は戻っていなかった。厚仁は顔色を変える多紀を言葉を尽くして落ち着かせ、部屋へ入ってもらった。

そのあと自分は庭から多聞の部屋のある縁側に行ってみた。明かりのついていない部屋はひどく寂しく、夏の夜だというのに少し背中が寒くなった。

「おい、化け狐」

そっと呼んでみるが返事はない。

「化け狐、……千年狐《ちとせぎつね》」

やはり誰も答えない。

「……青、どこにいったんだ。多聞は一緒なのか？」

厚仁は暗い庭で一人たたずんで友人を思った。

そのころ青は王子にいた。網切から他の尾の話を聞いたあと、急いで多聞の自宅へ向かったがその姿が見えない。背筋がざわざわする不快な予感に突き動かされるようにあちこち走り回り、匂いを捜し、大川にある橋までたどり着いた。そこで嗅いだことのない獣の匂いに遭遇した。

「そこからもう多聞先生の匂いも獣の匂いも消えてしまいました」

先の事件で知り合いになった王子の大狐にそのことを話すと、彼は黄色い目を怒らせた。

「武居多聞どのは我らに力を貸してくれた盟友、放っておくわけにはいかぬ」

王子の大狐は仲間を走らせ、江戸中のすべての稲荷に連絡した。武居多聞の行方を捜せと。

青は連絡が入るまで待てと言われ、王子でじりじりと過ぎてゆく時を数えた。

「――もう我慢できない」

青は立ち上がった。

「もう一度捜しに行きます」

「当てもなかろう、ここで待っていたほうがよい」

前に会った時と同じように大狐はかみしもと袴をつけている。彼は青の肩に狐の毛に包まれた手をかけ、無理矢理腰を下ろさせた。

「尾の目的は俺です。多聞先生はきっと俺のせいで捕まったんです。俺に対する恨みで多聞先生が殺されでもしたら――」

「最悪なことばかり考えていても仕方あるまい」

「最悪なことだけ考えて、今まで生きてきたんだ！」

青は肩にある大狐の手を振り払った。

「幸せな未来を夢見て俺は小絵《さえ》を失った。そのとき以来、俺は明日を期待することを止めた！」

そんな青を大狐は痛ましいものでも見るような目で見て、静かに首を振った。

「それは――嘘だな」

「なんだと!?」

自分の過去を否定するのかと青は大狐を険のある目で睨みつけた。

「明日を夢見なければ、おぬしはあやかしを狩り魂を取り戻すことなどとっくに諦めていただろう。おぬしほど貪欲に未来に希望を持つものは他におらぬ」

大狐の言葉に青は虚を衝かれたように黙り込み、やがて弱々しく応えた。

「……そういう意味じゃない」

「用心のために最悪なことを考えるのはいい。だが、自分を追いつめるためだけに不安を育ててはならん」

「俺が自分を追いつめていると？」

挑むような青の言葉に煽《あお》られず、大狐は冷静な口調で言った。

「そう見える。それだけ武居多聞がおぬしにとって大切な人間なのだな」

その言葉に青はなにか言いたげに口を開け、しかし、言葉を探しているのか、しばらくの間答えなかった。

「……友人だと言ってくれたんだ」

やがて青は口元を押さえて言った。

「帰ってきたらおかえりと言ってくれて、一緒の皿からものを食べて……大事な友だと言ってくれた。そんな人間は滅多にいない……」

「そうか」

大狐はもう一度青の肩に手をかけた。

「友とはよいものだな」

青はこんどは手を振り払わず黙ってうなずいた。そこへ大狐の配下で隻眼の子狐が駆け込んできた。

「多聞先生の居場所がわかりました！」

青と大狐は立ち上がった。

「今すぐ狐たちを呼び集めろ！　多聞先生を取り戻す」

大狐の号令に子狐はまだ細い尾を翻《ひるがえ》して駆け戻る。青はぎゅっと着物の衿元を摑み、闇夜を透かして見るようにじっと見つめた。

「多聞先生……」

二

「九尾の狐の尾の話をするということは、あなたはご存じなんですね？　青が──九尾の九本目の尾が俺の友人であることを」

ようやく戒めをほどかれた多聞は、九尾の狐の尾であるという男が横たわる寝台の横に立った。

「友人……」

七本目である男は美しい笑みを浮かべた。男は通常の箱枕ではなく、大きな布の袋に綿をいれたものに頭を乗せていた。それは柔らかく沈んで頭全体を受け入れている。

「それは知らなんだ……ただ、そこもとがあれと近しいことはわかる」

「俺は青から千年前にあなたたちがしたことを聞いています。あなたたちは青の大切な人間を殺し、喰った。そのために青があなたたちを仇《かたき》として追っていることを。俺は青の友人として、あなたを助けることにためらいがある」

「きさまっ！　人間のくせに主さまに逆らうのか！」

女が白い顔を歪めて大声を上げた。それを男は横たわったまま手をあげて止める。

「そこを曲げて乞う……。それに、九本目……青、という名か……それはそこもとが名付けたのか？」

「そうです」

「そうか……」

男は薄く笑みを浮かべると小さくうなずいた。

「では吾もそう呼ぼう。青……青は間違っておるのだ……」

「間違い？」

「千年……もう千年も前なのか……あのとき確かに青は人間の女に恋をしていた……それをよしとしない尾はいたが、認めようという尾もいたのだ……」

男の目が虚空《こくう》を彷徨《さまよ》う。千年の時の彼方を見つめているのかもしれない。

「本当ですか？」

「ああ……七本目である吾と……二本目……。二本目はとくに青を可愛がっておったのでな……。どうせ人間の命は短い……放っておけばよいと言ったのだ」

男はそうだろう？　という顔で多聞を見た。

「尾の中で意見が割れたと」

「そうだ。我と二本目にとって、末の九本目は愛しい存在だったからな……。しかし五本目を始めとする他の尾たちはそれを許さなかった……吾らが駆けつけたときにはもう青の女は殺され喰われてしまっていた……」

「では、あなたは食べていないのですか？」

多聞は勢い込んで言った。もしそうなら彼は青の仇ではない。

「ああ……。そうは言ってもその場にいたのでな……青は吾らも女を喰ったと思い込んでいるのだ」

「真実――真実、あなたは小絵どのに害をなしていないと？」

「小絵……というのか、青の思い人は。吾は今まで名も知らなかったのだよ……」

七本目はこれだけ話して疲れたのか、睫毛の長い目を閉じた。その顔は青ざめ、生気がない。

「七本目どの。あなたはいったいどこが悪いのです？」

その言葉に七本目はうっすらと目を開ける。

「吾のことは惺《セイ》と呼べ」

「惺……」

「人は名を大切にするだろう？　名で区別し、名で縛る……。そこもとが九本目を青と名付け特別な存在にしたように、吾もこの名をそこもとに預け、吾をもっと知ってもらいたい……」

「惺どの」

「吾の病のもとはこれだ……」

惺はそう言うと、横たわったまま自分の白い着物の襟をぐいと開けた。

多聞ははっと息を呑んだ。直《じか》に目にするのがはばかられるほどに美しい白い肌、その右肩から胸、そして腕にかけて、ぞっとするほど醜いひきつれが、まるで蜘蛛の巣のように広がっている。

「これは――」

「今から百年ほど前に……陰陽師《おんみょうじ》の一党が吾に封魔の印を刻んだ銀の弾丸を撃ち込んだのだ」

「銃？　銃傷なのですか、これは」

「そうだ、その弾丸が吾の体を蝕《むしば》んでいる。何度もえぐり取ろうとしたが、吾の爪を寄せ付けぬ」

惺は苦い笑みを浮かべた。諦めと疲れの混じった老いた笑みだ。

「そうして百年、吾は身動きもとれず、配下のものどもに担がれ西の山、東の里、北の森、南の海とさすらっておる……」

惺は傍らの女を見た。おそらく彼女が惺の世話をしているのだろう。

「吾の命はもはや尽きようとしておる。最後にたった一度でよい、この弾丸の呪縛から逃れ、自分の足で立ち上がり、野を駆けたいのだ。この弾丸をそこもとの手で取り出してはもらえないか」

抑えた泣き声が聞こえた。惺の従者の女がたもとで目を押さえ、すすり泣いている。

「……頼む、人間。主さまの最後の願いを叶えてくれ……今一度、主さまのお美しい姿を、しなやかに野を、空を駆ける姿を取り戻してくれ……」

女は床に手をつき額をこすりつける。

「そのためならこの命も差し出す、頼む、頼む」

「……狭霧《さぎり》よ、切ないことを言ってくれるな」

惺は寝台の上から優しく声をかけた。狭霧と呼ばれた女は涙に濡れた顔をあげ、主人に必死なまなざしを向ける。

「決めるのは武居多聞だ」

多聞は惺の傷痕を見た。蜘蛛の巣の中心が赤黒く膿んでいる。おそらくそこに弾丸が埋まっているのだろう。

「なぜ、俺なのですか」

多聞は惺に聞いた。

「他にも医者は大勢いる。外科手術ができるものも今の時代なら何人も」

「そこもとは京の安養寺《あんようじ》の血を受け継ぐものだ」

惺は大きなため息とともに答えた。

「何人も医者に試させてはみたが、だれも弾丸を取り出せなかった。この弾丸の封印は、陰陽師の血統のものにしか触れられぬのだ」

「安養寺……」

それは青と一緒に九尾の狐の尾を追った陰陽師の一族だ。銀の小太刀だけでなく、銃の弾丸も生み出したのか。

「この弾丸を取り出したら……惺どのは元のように力を取り戻すことができるのですか？」

多聞はひとつの懸念を持って尋ねた。それに惺はわかっているというようにうなずいた。

「その通りだ。だが案ずるな。吾は誓う。もう人間は襲わぬと。吾はこの狭霧とともにどこかの山奥でひっそりと生きよう……吾らは疲れ果てたのだ。この際限のない痛みと苦しみ、これから逃れられるならただの野の獣として生きてもよい……むしろ、そう生きたい……」

「誓えるのですか、九尾の狐の七本目の尾が」

隠しきれない疑念の声に惺は苦笑で応えた。

「信じてもらうしかないが……では、こうしよう」

惺は口の中でなにか呟いた。そのとたん、肩の蜘蛛の巣のような傷がどくん、と膨れ上がった。

「うう……っ！」

惺が苦悶の声を上げる、身をよじる。

「主さま！」

狭霧がバネ仕掛けのように床から飛び上がり、惺に飛びつく。女の細腕が惺の体を両手で押さえている間にも、傷は真っ赤に腫れ上がり、肌の上を生きているもののように広がっていった。

「これが……封魔の力だ、吾が力を使うと傷が広がる……」

やがて、惺は荒い呼吸をしながら多聞に右手を差し伸べた。

「た、多聞……手を……指先だけでよい……」

惺の顔には苦痛を耐えた汗が一面に浮いている。多聞はわけがわからないままに、指先を伸ばした。

「少しだけ……傷をつける……」

惺の爪が多聞の指に触れ、かすめた。多聞の指にうっすらと血がにじむ。とたんに惺の指の先がぼろぼろと腐って落ちた。

「こ、これは」

「これが誓いだ……人を傷つければ我が身が崩れる……一度誓ったことはもう取り消せぬ」

ふうーっと惺は大きく息をつき、大きな布枕の中に沈んだ。

「これでも信じてもらえねば……もう如何《いか》ようともできぬ……帰ってくれてよい……」

「そ、そんな、主さま！」

狭霧がぐしょぐしょに崩れた泣き顔を多聞に向けた。

「人間！　主さまがここまでおっしゃっているのだ、どうか、どうか慈悲を！　慈悲をたもう！」

多聞は寝台の上でぐったりと目を閉じている美しいあやかしを見た。自分の助けを待っている、弱々しい生き物を。

「わかりました」

多聞は床に置いていた道具箱を取り上げた。

「武居多聞、あなたの治療を請け合います」


青と大狐をはじめとする王子の狐たちは、人目を避けながら大川を下り、永代橋《えいたいばし》を越えた。ここから先は海となる。

越中島《えっちゅうじま》のあたり、潮の香りが鼻をかすめるころ、松林の中に立つ一軒の屋敷が目の前に現れた。

「あそこです。大川から匂いが途絶えたのは船で運んだからでしょう。あの屋敷は、もとはある藩の江戸屋敷でしたが、今は空き家になっています」

先に到着していた狐たちがそう報告した。

「武居多聞どのらしき人間が運び込まれたのは、屋敷の裏の蔵です」

白壁に囲まれた屋敷の背後にどっしりとした蔵が立っている。もとは白かっただろう蔵は、今はびっしりと蔦《つた》に覆い尽くされている。ただ鉄の扉だけは根を張れないのか空いていた。

大狐の合図で狐たちがいっせいに白壁を飛んで越える。降り立った庭は荒れ果て、雑草がしげり、外と区別もつかない。

「武居どのを運んだあやかしはどんなやつらだ？」

ぐるりと蔵を取り囲む配置にして、大狐は斥候《せっこう》役の狐に聞いた。

「匂いからしておそらくイタチの化け物かと思われます。他にもまじっているようですが」

「狐がイタチを手下にしているのか」

「イタチなどおそるるにたりません」

大狐のそばにいた隻眼の子狐が威勢よく言った。

「みなで押し包んで突入しましょう」

「控えろ！　相手は九尾の狐の一尾だ、たやすい相手ではないぞ」

大狐は子狐を叱責する。子狐は耳をぴたりと頭につけて「ぴやっ」と首をすくめた。

「あの鉄の扉を開けるのに難儀するだろうな」

大狐は呟き袂から手を伸ばして合図した。三匹の狐が頭を低くしながら蔵に向かう。あとわずか、と迫ったところで、突然地面の下から灰色の獣たちが躍り出た。丸く小さな耳、尖った鼻、赤く光る目。狐より細めの尾を地面に叩きつけながら、黒い爪を向けてきた。

「狐ども！　ここより先にいかせはせん！」

多聞は狭霧に沸かしてもらった湯で手を洗った。相手が妖怪とはいえ、実体をもっているからにはその肉体の手術に滅菌はかかせない。

道具箱の中にはメスが一本だけ入っていた。往診中なにが起こってもいいように、常備しているものだ。

惺には薬が効かないということで、痛み止めも使わない。多聞は持っていた手ぬぐいを渡した。

「これを噛んでいてください。どんな痛みかわかりませんので舌を噛むのを避けるために」

「感謝する」

惺は手ぬぐいを口にした。

多聞がメスを湯につけて惺の傷口に向かったとき、横にいた狭霧がぱっと後ろを振り返った。

「どうしました」

多聞が聞いたが狭霧は答えなかった。背後は壁だがその外の様子を窺う顔をしている。

「……主さま」

「わかった、頼む」

惺がうなずくと狭霧はそっとその場を立ち去る。

「なんですか?」

暗がりに消える狭霧を見送り多聞が尋ねた。だが惺は手ぬぐいをくわえたままで首を振る。

多聞もそれ以上は聞かずにメスを惺の肩に近づけた。


蔵の前の地面から飛び出したのは、砂色のイタチたちだった。最初の三匹の狐にとりつき、鋭い爪で毛皮を引き裂く。狐たちは悲鳴を上げて地面に倒れた。

「突入! 相手は少数だ!」

大狐が命じると、背後から狐たちが飛び上がり、いっせいにイタチたちに襲いかかった。だが、数匹と見えたイタチたちは、襲われたとたん分裂し、倍の数に増えた。

「おのれ!」

大狐も飛び出す。青も狐の姿になってイタチに飛びかかった。

狐とイタチはその牙と爪で激しく戦った。しかし、地の利は狐たちにあった。越中島にもたくさんの稲荷神社があり、その眷属たちがぞくぞくと集まって蔵を押し包んだのだ。

「ええい、下賤《げせん》な狐ども！　ここにおわすは大妖九尾の狐の一尾さまなるぞ！　きさま狐の将たるお方にこの狼藉《ろうぜき》はなにごとか！」

いきなり体の大きな白いイタチが、狐たちの頭上から落ちてきた。一回転して蔵の前に立つと、口を耳まで裂いて大きく叫ぶ。他のイタチと違って頭には長い黒髪がなびいていた。

「その狐は我らが同胞ではない！」

大狐が答えて言った。

「この国に混乱を招き、野山に火と毒を放った妖狐だ、なんの縁もゆかりもない」

「ではそこの一尾はどうなのだ、きさまらの仲間のような顔をしてそこに立つ狐も九尾の一尾だぞ！」

指さされ、青の身がこわばる。自然と耳が後ろにさがった。だが、その青を振り向いた大狐は目に柔らかな光を宿した。

「これは我らが友だ」

はっと青は顔を上げた。その顔に大狐はうなずく。

「そして中にいる人間は我らが恩人。友と恩人に害をなすものを日《ひ》の本《もと》の狐は放っておかぬ！」

おおーっと狐たちが首をもたげて呼応する。

追いつめられた白イタチは鉄の扉を背に前足を広げた。

「この先にはいかさぬ。主さまは狭霧が守る。狐どもめ、我が牙の前に滅べ！」

そう叫ぶと白イタチの姿がみるみる大きくなった。扉を越え、蔵の屋根を越えてしまう。

雪のように真っ白な毛皮の一本一本が針のように尖り、大木のような腕が飛びかかる狐たちをなぎ払った。流れる黒髪が大きく渦を巻き、風を起こす。

「死にたいものからかかってこい！」

夏の夜空のような群青の瞳を光らせ、巨大な白イタチは叫んだ。

「おのれ！　化けものめ！」

大狐が牙を鳴らす。風が狐たちの毛皮をあおった。

「頭《かしら》！」

隻眼の子狐が大狐のそばに寄り耳打ちした。

「一瞬だけ、あいつの気をそらせてください」

「どうするのだ？」

「私は体が小さい、あのイタチめの耳の中に潜り込みます」

「そうか……」

巨大化した白イタチの爪はつむじ風、硬い毛はこちらの爪も通さない。だが耳の中は同じ造りのはずだ。

「わかった！　全員、いっせいに敵の右腕を押さえよ」

その声に狐たちは全員で白イタチの右側から飛びかかった。たちまちイタチが右腕を振るい、何匹もがその爪にえぐられる。しかし、しがみつき食らいついた狐の重みでイタチの右腕の動きが鈍くなった。

白イタチは狐たちを払おうと左腕を伸ばす。そのすきに子狐が白イタチの左肩にまで跳ね上がった。

「覚悟！」

すばやく肩から耳の中に子狐が潜り込む。白イタチは顎を大きくのけぞらせ、悲鳴を上げた。

「やめろやめろ！　なにをする！」

子狐は牙と爪を振るって白イタチの耳の柔らかい部分を抉り取っているのだろう、白イタチは激しく首を振り、左手を持ち上げようとした、今度はその腕に狐たちがとりつく。

「やめろ！　やめろ！」

身動きがとれず白イタチが悲鳴をあげた。

「――ああ、主さま……ッ！」

たまらず白イタチは地面に崩れ落ちた。そこへさらに狐が群がる。

「今のうちに蔵の扉を」

大狐が青に言った。青はうなずき、扉に駆け寄ると人の姿に戻った。しかし扉には内側から鍵がかけられている。

(イタチたちは最初地面に隠れていた。だが最後の白イタチが出てきた場所があるはずだ)

青は蔵を見上げた。蔦がびっしり絡みついているが、一ヶ所だけ、隙間を見つけた。それは小さな明かり取りの窓だ。

「あそこか!」

青は壁の蔦を摑み、窓まで登った。

「やめろ……やめろ……」

下で白イタチがうめいている。

「主さまは……ただ悋《しず》かに暮らしたいだけ……狭霧と一緒に最後の時を過ごしたいだけ……なぜ邪魔をするのだ」

白イタチの声は涙を含んでいた。

「主さまを助けて……主さまを……」

悲痛な一声をあげて、白イタチは絶命した。その耳の中から血に塗《まみ》れた子狐が出てくる。

「頭の中まで食い破ってやりました！」

子狐は子供の無邪気な残酷さで自慢気に報告すると、ぶるると体を震わせて敵の血を払った。

「青どの！」

大狐は窓にとりついた青を見上げる。

「助勢が必要なら――」

「いや」

青は白い髪を揺らして首を振った。

「尾とは俺自身が片をつける」

大狐はうなずいた。

「半刻たって戻らねば突入して武居どのを助けよう」

「頼みます」

青はそう答えるとするりと窓から中に入った。狐たちは首を伸ばしてその姿を見送った。

三

明かり取りの小さな窓をくぐり抜け床に降りる。蔵の中は真っ暗だったが、奥だけが明るくなっていた。行灯がいくつか置いてあるらしい。

青はそちらにむかって足音を立てずそっと近づいた。

すぐに行灯の手前で影になっている多聞の姿が見えた。多聞は大きな寝台の横でうつむいて腕を動かしている。

とりあえず生きている姿にほっとしたが、青は緊張を解かずに近づいた。

大きな寝台のそばまで寄って、青は初めて自分の敵を見た。とたんに全身の毛が、ざわりと立ち上がった。

「……七本目」

青の声に今まで気づいていなかったらしい多聞がびくっと体を震わせた。

「あ、青、いつのまに」

多聞の手元は血に濡れていた。七本目の白い肌にも幾筋も血が流れている。その肌の上には青の位置からも大きなひきつれが見えた。

「多聞先生……なにをしているんです」

青は静かに聞いた。しかし声が震えるのは止められなかった。目の前に追い求めた敵の一人がいるのだ。恋しい女を殺し、喰った、憎い仇が。

「治療だ」

多聞が視線を傷に向けて答える。

「治療……？ 多聞先生はご存じですよね、これがなにをしたのか」

「知ってる。だが、青、話を聞いてくれ」

「丸めこまれたんですか、それとも同情したのですか？ 相手は人をだまし喰らうことなどなんとも思っていないやつですよ！」

青の腕がぐんと太くなり、その指先は獣毛に包まれ、鋭い爪が伸びてくる。

「多聞先生のような単純なお人の懐に入るくらい簡単なんですよ」

「青、やめろ。惺どのは小絵どのを殺していない」

「嘘だッ！」

青の腕が寝台に叩きつけられた。バキリと鈍い音がして、木製の寝台の一部が陥没する。

「こいつはあの場にいたんだ！ 小絵の血が残るあの家に！」

「青、話を聞け！」

多聞はメスを置こうとした。その彼を止めたのは惺自身だった。

「武居多聞、ここは吾が話そう」

惺は体を起こそうとした。多聞はその背に腕を回し支える。

「なにを聞こうとも九本目は——青は言葉では信じまい……」

惺はそう言うと、封魔の弾丸による疵が広がる右腕を持ち上げた。二の腕を口元にまで持ってゆくと、いきなりそれにかじりつく。

「惺どの、なにをッ！」

多聞は止めようとしたがそれより早く、惺は自分の腕の肘から下をぶっつりと食いちぎった。

「九本目……」

惺はぜえぜえと肩を上下させ、青によく似た薄い色の瞳を上げた。

「これを喰え……血には魂がとけ込んでいる。そうすればおまえの愛しい人間がその中にいるかどうか、わかるだろう」

そう言って青の足下に自分の右手を放り投げた。

「……」

青は血塗れの惺の腕を見た。目線は惺に残しながら身を屈めその腕を取り上げる。

「喰え」

惺はそう言うと寝台に身を沈めた。青の顔はたちまち狐に変じ、口を開けてその腕に食らいつく。鋭い牙が腕を切り裂く音が響いた。

体は人のままで頭部だけ獣に変わった青の姿を、多聞は目をそらさずに見つめていた。青も自分の浅ましい姿を見られている自覚はあった。だが確かめなくてはならなかった、愰の中に小絵がいるかどうかを。

あっという間に愰の腕を食らいつくした青は、もとの美しい顔に戻り、ゆらりと体を揺らした。

「青……」

青は床に膝をついた。両手もつき、熱い息を吐く。

「いなかった……」

青の声は悲痛に満ちていた。

「いなかった、小絵はいない」

恋人の命を奪った八尾のうちの一尾が目の前にいるのに、その肉の中には小絵を感じられない。青は呆然と愰を見上げた。

「ほんとうに……食ってない？」

「青、愰どのは他の尾の暴挙を止めようとあの場にいったのだそうだ」

多聞がいつの間にかそばに来ていた。自分のそばに膝をつき、背を撫でてくれている。

「惺どのともう一尾は小絵どのを殺していない……信じてくれ」

「もう一尾……？」

「二本目だと聞いた。お前をかわいがっていたと。覚えはあるか？」

「二本目……」

青は多聞に支えられながら立ち上がった。一緒に惺の枕元に行く。

「だが彼らが駆けつけたときにはもう遅くて……」

惺は枕の上で顔をめぐらし青を見つめた。

「青……力になれず、すまなかったな」

「七本目……」

「吾は武居多聞にも……もう人は襲わないと誓った。吾の望みはこの傷を癒し……、平穏に暮らすことだけだ」

「青、治療を続けていいか？」

多聞が覗き込んでくる。青はその視線から顔をそむけ、惺の傷を見た。

「小絵を食ってないなら……どうでもいい」

「青、ありがとう」

惺ではなく、多聞がそう礼を言った。青は頭の中に砂が詰まったような気持ちだった。空しさが大きすぎてなにも考えられない。

多聞は改めて傷口にメスを向けた。実はこの手術には難儀をしていた。封魔の弾丸の力のせいか、傷がメスの刃を拒むのだ。

強い力で押し返されるのを、こちらも渾身の力で刃を刺し入れ切開してゆく。青がきたとき、ようやく肉に埋もれた弾丸が目視できたところだった。

周りの筋を少しずつ切り開き、弾丸の後部をむき出しにする。そのあとは毛抜きを使って引き出そうとしたが、弾丸に触れると竹の毛抜きの先が砕けてしまった。

（メスを使ってえぐりだすか？　いや、できれば周囲の筋肉をこれ以上傷つけたくない。だが道具はないし）

多聞は瞬時考えた。その目が使えるものを探して寝台の周囲をさまよう。

「……惺どの、頼みがあるのだが」

多聞は決意して言った。

「なんだ？」

惺は大儀そうに答えた。長時間の苦痛にさすがに疲れているようだ。

「あなたの爪を二本、それから髪の毛を二本、いただけないか？」

「爪……？」

「弾丸を取り出すのに必要です」

「わかった、今……」

惺が爪を抜くために残っている手を口元に持っていこうとしたとき、多聞の目の前に青の手が差し出された。手のひらのうえに、爪が二本と髪がふた筋のっている。

「青……」

多聞も惺も驚いた。

「多聞先生の治療を邪魔したくないだけだ」

「ありがとう、青」

多聞は答えて爪と髪を取った。惺が青に嬉しげな目を向ける。

「すまぬな、青」

青はそっぽを向いたままだ。

多聞は割れた毛抜きの先に湯につけた青の爪を当て、同じ処理を施した髪をしっかりと巻き付けた。触ってもぐらぐらしなくなったのを確認し、再度肉の中の弾丸に向き合う。

もしかしたら弾丸が青の爪も拒むかと思ったが、やはりなかなか近寄らせてはもらえなかった。ただ、竹のように砕けることはなく、なんとか毛抜きの先が弾丸の後部を摑んだ。

しかし、肉自身が弾丸をくわえ込んでいるかのように、びくともしない。多聞は指先に力を込めた。

「惺どの、力を抜いてください」

「そのつもりだが……」

惺は固く目を閉じていた。激痛なのだろう。多聞のやった手ぬぐいを口に押し当てている。

「もう少しです」

揺すりながら少しずつ回転させ、動いているのかいないのかわからないくらいの速度で引き上げてゆく。やがて弾丸の一番膨らんだ部分が肉の中から姿を現した。

「もう、少し」

惺の体がぶるぶると震え出す。その震えはじょじょに大きくなってきた。

「青、惺どのの体を押さえてくれ！」

多聞が叫び、青が急いで惺の頭の方に回り、上から傷のある方とは逆の肩と胸を押さえこんだ。

「もう少しです、耐えてください」

弾丸は最後の抵抗をするかのように毛抜きを押し返そうとする。力を抜けば、はね飛ばされてしまいそうだった。左手で自分の右手を押さえつけ、とうとう多聞は弾丸を抜き取った。

「終わった！」

多聞は取り出した弾丸を慳に見せた。それは鈍い銀色に輝き、確かに胴体になにか小さな文字が彫ってある。通常、人に当たった弾丸は先頭が潰れるはずなのだが、それはきれいな円錐形を保っていた。大きめのシイの実くらいはある。

「終わりましたよ、慳どの」

汗びっしょりになって笑みを向けた多聞に、慳も笑顔を向けた。だがその笑みは大きく歪み、崩れていた。

「よくやった、武居多聞……！　よくやってくれた！」

四

慳の全身から禍々《まがまが》しい力があふれた。青はすぐさま気づき、慳から飛び退《の》いた。

「これで力が戻る……九本目を倒す力が」

そのとたん、青が「ぎゃあっ！」としわがれた悲鳴を上げた。青の着物の腹の部分が大きく突き出している。

「九本目……おまえはやはり甘い……」

青の白い着物に真っ赤な花が咲く。それは内側から吹き出す血のためだ。

「青！」

多聞が叫んで駆け寄ろうとした、その目のまえで、青の腹が裂けた。中から惺の右腕が血しぶきとともに飛び出してくる。

青に噛み砕かれ呑まれたはずの右腕は完璧な形に戻って床に落ちると、五本――いや、一本は崩れ落ちたので残りの指を使って床を這い、寝台の前で飛び上がって惺の腕に戻った。

「惺どの、あなたは――」

「九本目の言うとおり……狐は誑《たぶら》かし、丸め込むものなのだよ」

惺は美しい貌に邪悪な笑みを浮かべた。

「だがあなたは小絵どのを食べてないと」

「そう、確かに吾はその人間は喰っておらぬ……だがな、九本目は五本目を殺したのだ……吾の愛する弟をな」

惺は寝台から降り、青に近づいた。

「だから吾はおまえを許すわけにはいかぬ……だが封魔の弾丸がこの身にある限りおまえには勝てぬ」

「そんな――」

多聞は愕然とした。先に惺が語った言葉、青を愛しいと言ったときの穏やかな顔、小絵の殺害に間に合わなかったと言ったときの苦悩の顔、平穏に暮らしたいだけと言ったときの希求に満ちた顔……あれらすべてが嘘だったのか、自分を騙すために偽りを演じていたのか。

「邪魔をするなよ、武居多聞……。吾はそこもとの患者だ。患者はそこもとにとって大切な存在なのだろう」

「……っ」

確かに自分が手を尽くした患者は大切な存在だ。だがそれが今、青に危害を加えようとしている。

「さあ、九本目、立て。お前も九尾の一尾、それしきの傷で動けないはずはあるまい。立って吾と戦え、五本目の仇をとってやろうぞ」

床に膝をついていた青はその言葉に顔をあげた。そのとたん、がっと口から血の固まりを吐き出す。手で押さえた腹からは、血が床に音を立ててこぼれ落ちた。

「望むところだ……！」

青はよろよろと立ち上がる。

「このくらいの傷、病み上がりのきさまに与える置き石のようなもの」

「言いおる……」

ふ、と七本目の顔に笑みが上る。それは懐かしいものに向ける慈しみの笑みにも似ていた。

(惺どの？)

多聞にはそう思えたが、青には見えていなかったようだ、しゃにむに惺に飛びかかってゆく。

青の爪が惺に触れかかったとき、惺は素早く身を引いた。青はそのまま寝台につっこむ――と、その上に手をついて逆方向に飛んだ。そのまま壁を蹴り、再び惺に襲いかかる。

「遅い」

その青の顔面をいつの間に生えたのか、惺の長い尾が打ち払う。青は床に叩きつけられた。

「やはり腹の傷が祟っているか……」

惺は一動作で青に迫るとその足で青の腹を踏みにじった。

「ガアアッ！」

青が激痛に呻く。

「痛むか？　すぐに楽にしてやる……」

惺の手がバキバキとふしくれだって大きくなり、鋭い爪が伸びた。

「おまえが吾を助けるために爪を寄越さなければ、さっきも吾を捉えることができたかもしれんな……」

惺の嘲笑に青の顔が歪んだ。惺は青の腹から足を離さず、顔よりも巨大な手を見せつけた。

「その首、刈り取ってくれる！」

鋭い爪が振りかぶられた。青はその爪が自分の首めがけて落ちてくるのを見ていた。だがその瞬間、視界が大きく遮られた。

「ぎゃあああっ！」

悲鳴をあげたのは惺の方だった。惺は青から飛び退き、床の上を転げ回る。青は自分の視界を奪ったものを押しのけた。

「先生ッ！」

惺と青の間に飛び込んだのは多聞だった。惺の爪で切り裂かれた背中から大量の血がしぶく。

「だ、大丈夫だ」

答える多聞を青は腕の中に抱き抱えた。

「なんてことを……！」

「おまえより傷は浅い、それより」

多聞は床でのたうち回っている惺を見やった。

「誓いのことは本当だったんだな」

「誓い？」

「彼は俺に信じさせるために自ら誓いをかけたと言った。人を傷つければ自分も傷つくと。真か嘘か、一か八か賭けて正解だった」

「そんな。それも嘘だったら」

「そうだな、嘘でもよかったはずなのに……」

多聞は小さく呟いた。惺の背からはぶすぶすと黒い煙があがっている。多聞の指先を傷つけただけで自分の指が崩れ落ちたのだ。どれだけの反撃を受けたのか。

「ま、まさか、自分の身を犠牲にして吾に厄を与えるとは思わなかったぞ……」

惺は両腕で体を支えてよろよろと立ち上がった。

「ただの人間が……なぜそこまでできるのだ」

「ただの人間じゃない」

多聞は自分の背で青をかばいながら答えた。

「俺は青の友だ」

「化け物が人の友などになれるはずがない！」

再び惺が飛びかかってくる。多聞は思わず右手を突き出した。触れようとした惺がとたんに跳ね返されたかのように吹き飛ぶ。

「多聞先生……あんた、なにを持ってる」

青が驚いて聞いた。多聞が握りしめていた拳を開くとそこに銀色の弾《たま》がある。

「まだ効き目があるようだ」

弾き飛ばされた惺が再び立ち上がる。一歩一歩床を踏みしめてこちらへ来る。

多聞は弾丸を拳の中に握りしめ、腕を突き出した。拳の中から銀色の光があふれ、
その光に縛られたように惺の動きが止まる。

「多聞先生」

青が呼んだ。振り向くと青の口から銀の小太刀がせり上がってくるところだった。

青は小太刀をとり、多聞に渡した。

「抜いてください」

「——殺すのか」

「殺します、でないと俺が殺される」

「いいのか」

青は痛みをこらえているような顔で笑う。

「俺はまだ死ぬわけにはいかない」

多聞は弾丸を握った右手を突き出したままで、左手で小太刀の柄《つか》を掴んだ。青が鞘

を抜く。

「七本目、終いだ」

青はそう言うと束を執った多聞の手を両手で握る。

「いくぞ」

多聞は右手の弾丸を惺に投げつけた。惺は避けることもせずそれを腹に受け、全身を硬直させた。

同時に多聞と青は床を蹴り、二人分の体重を小太刀に乗せて惺の胸に突き入れた。

「ぐううう っ……っ」

惺は牙をむきだし、その美貌を完全に消して苦悶の呻きをあげた。

「九本目……尾を二本も滅し……この先おまえの進む道は厳しいものとなろう……」

惺の顔は鼻のとがった獣の顔になっていた。その大きな口からだらりと舌をのばし、惺は続ける。

「他の尾たちがおまえを狙うだろう……それでもおまえはその道を進むか」

「当然だ。俺は小絵を取り戻す。それまではどんな道だろうと進むだけだ」

「そうか……」

ぼたぼたと惺の口から血があふれた。

「おまえは弱いくせに強情だったからな……」

その口調は思いがけず優しい。

「吾と二本目がおまえの女を喰わなかったのは事実だ……吾らが他の尾たちを止めようとしたのも事実……」

「七本目？」

「二本目はまだおまえの力になってくれるだろう……なにかあれば頼るがいい」

惺に微笑みかけられ、青はとまどった顔で血に濡れた仇の顔を見る。

「七本目、なぜだ。おまえは俺を仇と言ったくせに」

「確かに仇だ。おまえは吾の五本目を殺したのだからな、……憎い。だが、吾はおまえのこともかわいいのだよ。どちらも吾の気持ちだ。だから運を天に任せた……その結果がこれだ。吾はもう恨んでいない……」

「惺どの」

多聞は惺の前にしゃがんだ。惺の体は今や全身が灰色に変わり、先端からぼろぼろと崩れ始めた。

「吾らは吾らだけの世界で九本の尾だけで完全だったと思っていた……。だが九本目、おまえは外の世界に新しい絆を求めたのだな……」

惺が獣の目で多聞を見上げる。

「人間の命は短い……つらい絆だろうに……物好きなことだ……」

惺がかすかに顔を動かした。なにかを探す素振りをする。

「さぎり……さぎり……いないのか」

「七本目——」

青の言葉に惺はもう答えなかった。灰色がその顔も覆ったからだ。惺の頭が、額が、目が、鼻が崩れ落ちる。

やがてすっかり惺の姿は消え、床にはあばただらけの石灰岩に似た石だけが散らばっていた。多聞がそれに触れるとパキンと音がして指先で砕けた。

「惺どのは逝ってしまった……」

「そうですね」

青は動かない瞳でそのなれの果ての石を見つめた。

「こんなスカスカのくずでは薬にもなら……」

言葉の途中でずるずると青が頽れる。多聞はあわてて青の体を抱えた。かくりと白いのどが折れ、完全に意識を失っているようだった。

「青！　青!?」

そのとき蔵の上部の明かり取りから、ばらばらっと狐たちが飛び降りてきた。

「多聞先生！」

先頭は隻眼の子狐だった。

「おお、おまえか！」

「大丈夫ですか！」

「俺は平気だ、それより青を！」

狐の何匹かが鍵を開けに扉へ走る。子狐は多聞の腕の中の青に駆け寄った。

「腹をやられたのですね、ひどい傷だ」

ふんふんと血まみれの腹に鼻を寄せ、毛を逆立てる。

「火渡りを使ってすぐに俺の家へ——いや、母上が来たらまずいな、王子稲荷へ運んでくれ。治療する」

「先生もひどい怪我ではありませんか！」

子狐は多聞の背中の傷を見て仰天する。だが多聞は首を振った。

「出血ほどひどくはないのだ、七本目は手加減したのだろう」

「そうなのですか……？」

心配そうな子狐に多聞は笑いかけた。

「診療所から道具箱もとってこられるか？　こっそりとだぞ」

「お任せください！」

子狐は命じられるのが嬉しいらしく、明るい声で答えた。

蔵の扉が開くと大狐が入ってくる。多聞と青の怪我を見て、顔をしかめたが、多聞の指示をすぐに了解して青を抱え上げた。

狐たちと一緒に蔵をでる前に、多聞はもう一度、中を振り返った。

（狭霧……）

惺の呼ぶ声が聞こえたような気がしたが、そこは主のいない空っぽの寝台と灰色の石だけが転がる、暗い空間だった。


王子稲荷にある狐の穴で、多聞は青の治療をした。胃が内側から破かれていたが、河童の傷薬というのを使うと、縫ったあとからどんどん修復してゆく。最後に腹の肉を閉じてさらしを巻いた。この調子ならおそらく一晩で傷はふさがるだろう。

すべての処置が終わったあと、青が目を覚ました。

「気分はどうだ？」

「最悪ですね」

青はそう言って腹を撫でる。

「七本目に内側から喰われたような気分です」

「惺どのも迷っていたのだな」

多聞がそう言うと、青はごろりと背を向けた。

「七本目が言っていたとおり、俺たちは九本でひとつだった。それがすべてだった。ほかの生き物は全部敵か糧《かて》でした」

「惺どのが言っていた二本目とは……仲がよかったのか？」

「どうでしょうね。世話焼きで、俺を甘やかしてくれました。いい教師だったんですよ。人の懐への入り方、愛され方、誑かす方法……なんでも教えてくれた」

青は過去を探るような目で空を見つめた。

「でも、愛し方は教えてくれなかった……俺は小絵に会うまで人はただの玩具にしか見えていなかった」

「……そうか」

「九尾はみなそうです。自分たちさえいればよかったんです」

いっそさばさばした調子で青は言い切った。

「惺どのはおまえが外の世界に絆を求めたと言ったな」

多聞は惺の最後の言葉を思い出して言った。

「だが惺どのも最後には外の世界とのつながりを求めたのだと思う。彼にとって狭霧という存在がそうだったのだろう」

「二本目は……自分たち以外とつながると弱くなると言っていた。七本目が弱かったのはそのせいかもしれない」

「そんなことはない」

多聞は急いで言葉を継いだ。

「大切なものを守ることで人は強くなれる。ときにはそれは自分より大切で……命を懸けてもいいほどに大切で……」

「でも俺は小絵を守れなかったんですよ！」

急に青は昂《たかぶ》った声で言った。ふだん動かない表情が、今は怒りと、いや、怒りよりも大きな悲しみに満ちて崩れていた。

「大切なものなら俺は強くなれたんだろう？　あいつらの手から小絵を守れたはずだ。でも俺は守れなかった。失ってしまった、今も取り戻せない！　強くなれないのは俺が人でないからなのか!?」

「青……」

「小絵は俺のせいで……俺のせいで殺されたんだ……」

多聞は青の頭を自分の胸の中に抱え込んだ。

「そんなに自分を責めるな、もう責めるな！　大丈夫だ、必ず小絵どのは戻ってくる、大丈夫だ、大丈夫だ！」

「……う、う……」

胸が熱くなったのは青の涙がにじんだからだ。胸が痛くなったのは、抱き寄せた青の背中が薄くはかないからだ。

千年の時をさまよい、またこれからもさすらう運命を思い、しかし他にかける言葉も知らず、多聞はただ「大丈夫だ」と繰り返すだけだった。


王子の狐たちの渡り火を使って、多聞と青は自宅へ戻った。空間にできた狐穴から庭に降り立つと、自室に明かりがついていた。多聞はぎょっとして青に向かって唇の前に指を立てた。

(母上がいるようだ)

多聞は青に囁いて、狐の姿に戻るように言った。青はするりと銀狐になり、縁側の下へはいった。

多聞は縁側にあがると「えへん」と空咳《からぜき》をしてみた。部屋の中で衣擦《きぬず》れの音がして、障子がすっと開く。

多紀が怖い顔で立っていた。気圧され、多聞は少し後ろへ下がった。

「母上、ただいま戻りました……遅くなって申し訳ありません」

「……どこへいっていたのです」

「すみません、帰り道、急病人がいて今まで治療をしていました……お知らせすることできず申し訳……」

言い掛けたとき、どん、と多紀が片手で多聞の胸を打った。

「は、母上?」

多紀はうつむいたまま低い声で言った。

「……次からはちゃんと知らせなさい」

「は、はい。すみません」

「約束ですよ」

「はい」

多紀は顔を見せず多聞の横を通り過ぎた。足音も立てず去ってゆく。

それを見送って多聞はほっと息を吐き出し、青を呼んだ。

青は狐の姿のまま縁側にあがり、部屋にはいった。

「ここ、温かくなってます。ずっとお待ちになっていたんでしょう」

狐は行灯の近くの畳を鼻先でつついた。

「心配させてしまった……」

「母君、泣いてらっしゃいましたよ」

「えっ」

青はすん、と鼻を鳴らす。

「涙の匂いがする」

「……まいったな」

多聞はどすんと畳の上に座った。その膝に狐があごを乗せる。

「明日もう一度謝りましょう」

「そうだな」

多聞は青の頭を撫でた。

「布団を敷くよ。今日は一緒に寝るか？」

「暑いからいやです」

青は多聞から離れると屏風の裏に移動した。多聞は苦笑すると着替えるために着物を脱ぎ、はっとした。着物の背は惺の爪で切り裂かれ、みごとに四本の裂け目ができている。

「ばれなくてよかった」

多紀が振り向かなかったので気づかれなかったのだ。

（どこかで繕いに出さねばならないな）

裂け目に指を入れ、多聞は大きなため息をついた。

終

両国橋近くの土手では大勢の人間が夜空を見上げていた。

ドーンと大きな音がして空を光の花が彩る。

今日の花火は紀州家が執り行った。各藩が競って花火をあげるなか、紀伊、尾張、水戸の御三家の花火はぐんを抜いて華やかなので、江戸の町人たちはその日を心待ちにしていた。

当時の花火は現代ほどの多色ではないが、夜を照らすものが行灯や松明《たいまつ》しかなかった時代、空に広がる光の花は江戸っ子たちの目を驚かせ、楽しませた。

「いろいろ講釈垂れていたのに、花火開始とともに眠ってしまうとはどういうことです？」

青が草の上で大の字になっている厚仁を見ながら言った。

「今日は始まりが遅れたからな」

酒とつまみを用意して早くからいい席に陣取っていた厚仁は、待っている間にあらかた飲み食いし、結局最初の一発目を見ただけで眠りに落ちてしまった。

「それにしても板橋のだんな、この音と騒ぎの中でよく眠れるもんだ」

「厚仁は一度寝ると雷が鳴っても地震があっても起きないな」

「たいしたもんだ」

「まあ、また次もあるし」

どーんと大きな音がして、光が多聞と青、そして厚仁の寝顔を照らす。

「花火を見るのはしばらくぶりですが、やっぱり苦手ですね」

白地にトンボ柄の浴衣を着た青が呟いた。

「なんだ、もしや怖いのか？」

少し心配になった多聞に青は笑って首を振った。

「そうじゃありません。花火があがって光って明るくなって……それで消えてしまって次の花火があがるその間……その間の闇がひどく寂しくなるんです」

「寂しい？」

青は照れくさそうな顔で言った。

「これでもう終わりかもしれない、待っていてもあがらないかもしれないって、そう思ったりしませんか？」

「うーん」

どん、と再び花火が打ち上げられ、二人は空を見上げた。

「そうだなあ、俺は次はどんな花火かなってわくわくするけどな」

「多聞先生は楽天家ですね」

「よく言われる」

二人は笑いあった。花火が消えて辺りが闇に包まれる。

「まだ終わらないさ」

光っている間についだ酒を飲み、多聞は明るい声を出した。

「それに終わってしまったら、ああおもしろかったと言えばいいのだ」

「多聞先生は……」

「なんだ？　今度は単純だというつもりか」

闇の中で青が笑った気配がした。

「ほら、またあがった」

ひゅう……と光の玉が昇る。それは青が探す魂のような姿をしていた。

どん！

腹に響く音がして、花が咲く。ぱぱぱといくつもの白い光が散った。

「花火が終わっても一緒に見た記憶は残るだろう？」

青に比べて人の命は短い。きっとこの花火のように、一瞬きらめいて消えてしまう。

次に再び青とともに戦う手が見つかるまで、闇の中を進むようなものだろう。

花火の間が寂しいと、青が言ったことはそんな意味ではないのだろうが、多聞はふと考えてしまった。

ああ面白かったと、俺が死んだときそう思ってくれるといい。

新しい夜空の花が青の美しい横顔を白く照らす。見つめているとその顔がこちらを向いた。

「じゃあ、しっかり見ておきましょう」

花火があがる。夜に花が咲く。空が光でいっぱいになる。

大川の流れにも光がきらめき、人々の歓声があがる。

この美しい景色を覚えておいてほしい。記憶だけが長い時を生きる青の糧になる。

なんだか泣きたいような気持ちになったのを隠すために、多聞はもう一口酒をあおった。

「多聞先生」

空を見上げていた青が光の中で振り向いた。

「来年も……一緒に見てくれますか?」

「――うん。うん、もちろんだ。また来よう……」

「俺も行くからなあ!」

不意に厚仁がむっくり起き上がって叫んだ。

「置いていくなよお、寂しいじゃねえかあ!」

暴れる厚仁を多聞は苦笑して押さえこんだ。

「わかったわかった、厚仁も一緒だ」

「この酔っ払い同心」

「なにおう！　化け狐！」

青と厚仁が言い合いを始める。こうした記憶もいつか笑って思い出せるだろう。

「わっ、多聞なにをする!?」

多聞は青と厚仁をまとめて背後から抱え込んだ。二人が驚いてもがくが構わずぎゅうぎゅう抱きしめる。

「おぬしらが好きだなと思って」

「こらよせ、離せ馬鹿！」

「やめてください、恥ずかしい」

ぎゃあぎゃあと抵抗する二人の体温を胸に感じ、多聞は笑いながら夜空の花を見つめていた。

―――――本書のプロフィール―――――

本書は書き下ろしです。

小学館文庫

あやかし斬《ぎ》り　千《ち》年《とせ》狐《ぎつね》は虚《うつろ》に笑《わら》う

著者　霜月《しもつき》りつ

二〇二三年二月十二日　初版第一刷発行

発行人　石川和男
発行所　株式会社　小学館
〒一〇一-八〇〇一
東京都千代田区一ツ橋二-三-一
電話　編集〇三-三二三〇-五六一六
販売〇三-五二八一-三五五五
印刷所――――大日本印刷株式会社

この文庫の詳しい内容はインターネットで24時間ご覧になれます。
小学館公式ホームページ　https://www.shogakukan.co.jp

ISBN978-4-09-407232-7